W9-ADV-066

L'ABOMINABLE HOMME DES NEIGES

Markham Public Library
Thornhill Village Branch
10 Colborne Street
Thornhill, ON L3T 1Z6
Feb 2016

L'ABOMINABLE HOMME DES NEIGES

R.L. STINE

Texte français d'Isabelle Allard

Catalogage avant publication de Bibliothèque et Archives Canada

Stine, R. L
[Abominable snowman of Pasadena. Français]
L'abominable homme des neiges / R.L. Stine ;
texte français d'Isabelle Allard.

(Chair de poule)
Traduction de : The abominable snowman of Pasadena.
Publié à l'origine : 2005.
Publié en formats imprimé(s) et électronique(s).
ISBN 978-1-4431-5268-6 (couverture souple).--ISBN 978-1-4431-5272-3
(html).--ISBN 978-1-4431-5273-0 (html Apple)

I. Titre. II. Titre: Abominable snowman of Pasadena. Français.
III. Collection: Stine, R. L. Chair de poule.

PZ23.S85Ab 2016 j813'.54 C2015-906056-7

Copyright © Scholastic Inc., 1995.
Copyright © Éditions Scholastic, 2005, 2016, pour le texte français.
Tous droits réservés.

Il est interdit de reproduire, d'enregistrer ou de diffuser, en tout ou en partie, le présent ouvrage par quelque procédé que ce soit, électronique, mécanique, photographique, sonore, magnétique ou autre, sans avoir obtenu au préalable l'autorisation écrite de l'éditeur. Pour toute information concernant les droits, s'adresser à Scholastic Inc., 557 Broadway, New York, NY 10012, É.-U.

Édition publiée par les Éditions Scholastic,
604, rue King Ouest, Toronto (Ontario) M5V 1E1

5 4 3 2 1 Imprimé au Canada 139 16 17 18 19 20

Ce livre est une œuvre de fiction. Les noms, personnages, lieux et incidents mentionnés sont le fruit de l'imagination de l'auteur ou utilisés à titre fictif. Toute ressemblance avec des personnes, vivantes ou non, ou avec des entreprises, des événements ou des lieux réels est purement fortuite.

Illustration de la couverture : Brandon Dorman

1

Toute ma vie, j'ai voulu voir de la neige.

Mon nom est Jordan Blake. J'ai douze ans. Douze années qui se sont déroulées au soleil, sur le sable et dans l'eau chlorée. Je n'ai *jamais* eu froid, sauf dans l'air conditionné des supermarchés. Mais ça ne compte pas. Il ne neige pas dans les supermarchés.

Je n'ai jamais eu froid, du moins jusqu'à notre aventure.

Certains pensent que je suis chanceux de vivre à Pasadena, en Californie, où il fait toujours beau et chaud. C'est vrai que ce n'est pas si mal. Mais quand on n'en a jamais vu, la neige peut paraître aussi irréelle qu'un décor de film de science-fiction.

De l'eau gelée, blanche, floconneuse, qui tombe du ciel? Qui s'empile sur le sol, et avec laquelle on peut construire des forts, des bonshommes et des boules de neige? Vous devez reconnaître que ça semble bizarre.

Un jour, mon souhait s'est réalisé. J'ai enfin pu voir de la neige. Et ce fut une expérience plus bizarre que je ne l'avais imaginée.

Bien plus bizarre.

— Regardez bien, les enfants. Ça va être génial.

Le visage de mon père luisait sous l'éclairage rouge de la chambre noire, pendant que ma sœur Nicole et moi le regardions développer une pellicule. À l'aide d'une paire de pinces, il plongea une feuille de papier spécial dans un bain chimique.

Ce n'était pas la première fois que je voyais mon père développer de la pellicule. Il est photographe professionnel. Mais je ne l'avais jamais vu aussi enthousiasmé par des photos. Et ce n'est pas peu dire.

Papa photographie la nature. En fait, il photographie *n'importe quoi*!

Il prend des photographies sans arrêt. Ma mère raconte qu'un jour, quand j'étais encore bébé, j'ai hurlé en voyant mon père. Je ne l'avais pas reconnu sans son appareil photo devant la figure.

À cette époque, je croyais qu'il avait un objectif à la place du nez!

La maison est pleine de photos embarrassantes sur lesquelles on me voit en couche, la figure barbouillée de nourriture, en pleurs après m'être égratigné le genou, en train de frapper ma sœur.

Pour en revenir à nos moutons, papa venait juste de rentrer d'un voyage dans une chaîne de montagnes du Wyoming qui fait partie des Rocheuses. Il était tout excité par les photos qu'il avait prises là-bas.

— Vous auriez dû voir ces ours, nous dit-il. Toute une famille. Les oursons m'ont fait penser à vous. Toujours en train de se taquiner.

Taquiner. Ha, ha! Papa pense que nous nous *taquinons*. C'est le moins qu'on puisse dire. En vérité, Nicole — Mlle Je-sais-tout — me rend complètement fou.

Parfois, je voudrais qu'elle ne soit jamais née. J'ai résolu de faire en sorte qu'elle pense la même chose. Qu'elle souhaite n'être jamais née, je veux dire.

— Tu aurais dû nous emmener, papa, dis-je.

— Il fait très froid au Wyoming à cette période de l'année, ajouta Nicole.

— Qu'est-ce que tu en sais, la bolée? dis-je en lui donnant un coup de coude. Tu n'es jamais allée au Wyoming.

— J'ai lu sur le sujet en l'absence de papa, expliqua-t-elle.

Évidemment.

— Si tu veux en savoir plus, il y a un livre de photographies à la bibliothèque, poursuivit-elle. Il est parfait pour toi. C'est pour les élèves de première année.

Je fus incapable de répondre du tac au tac. C'est ça, mon problème. Je n'ai pas la répartie facile. Je lui donnai donc un autre coup dans les côtes.

— Hé! murmura mon père. Arrêtez de vous chamailler. Je travaille, moi.

Stupide Nicole. Ce n'est pas qu'elle soit stupide, en fait, elle est vraiment intelligente. Mais d'une manière stupide, à mon avis. Elle est tellement intelligente qu'elle a sauté sa cinquième année... et s'est retrouvée dans *ma* classe. Elle a un an de moins que moi et elle est dans ma classe. Et en plus, elle obtient toujours des A.

Dans le bain chimique, les photographies de papa devenaient de plus en plus claires.

— Est-ce qu'il a neigé dans les montagnes quand tu étais là-bas? demandai-je à mon père.

— Bien sûr qu'il a neigé, répondit-il, concentré sur sa tâche.

— As-tu fait du ski? demandai-je.

Papa secoua la tête.

— J'étais trop occupé à travailler.

— As-tu fait du patin à glace? demanda Nicole.

Ma sœur pense qu'elle connaît tout. Mais à ce moment-là, Nicole n'avait jamais vu de neige, tout comme moi. Nous n'avions jamais quitté la Californie du Sud. Ça sautait aux yeux quand on nous regardait.

Nous sommes bronzés à l'année. Les cheveux de Nicole sont d'un blond verdâtre à cause du chlore de la piscine du quartier. Les miens sont bruns avec des mèches blondes. Nous faisons tous deux partie de l'équipe de natation de l'école.

— Je parie qu'il neige chez maman en ce moment, commenta Nicole.

— C'est bien possible, répondit papa.

Nos parents avaient divorcé et maman venait de déménager en Pennsylvanie. Nous devions aller passer l'été avec elle, mais nous étions restés en Californie avec papa pour terminer l'année scolaire.

Maman nous avait envoyé des photos de sa nouvelle maison. Elle était couverte de neige. J'avais contemplé les photos, m'efforçant d'imaginer le froid.

— J'aurais préféré aller chez maman pendant ton voyage, dis-je.

— Jordan, on en a déjà discuté, dit mon père d'un ton impatient. Tu pourras rendre visite à ta mère quand elle sera installée. Elle n'a même pas encore acheté de meubles. Où auriez-vous dormi?

— J'aimerais mieux dormir sur le plancher plutôt que d'écouter les affreux ronflements de Mme Sorcière sur le divan, grommelai-je.

Mme Sorcière nous avait gardés en l'absence de papa. Elle était horrible. Chaque matin, nous devions nettoyer nos chambres. Elle les inspectait ensuite pour voir s'il restait des grains de poussière. Chaque soir, elle nous servait du foie, des choux de Bruxelles et de la soupe au poisson avec un grand verre de lait de soya.

— Elle ne s'appelle pas *Sorcière*, me corrigea Nicole. Son nom, c'est Soulières.

— Je le *sais*, *Bricole*, lui répliquai-je.

Les photos se précisaient de plus en plus sous l'éclairage rouge de la chambre noire. Je pouvais entendre l'excitation dans la voix de papa.

— Si ces clichés sont aussi bons que je le pense, je pourrai les publier sous forme de livre, dit-il. Je pourrais l'intituler *Les Ours bruns du Wyoming*, par Gary Blake. Ça sonne bien, n'est-ce pas?

Il s'interrompit pour retirer une photo du liquide. Il la fixa des yeux.

— C'est bizarre, murmura-t-il.

— Qu'est-ce qui est bizarre? demanda Nicole.

Papa déposa la photo sans dire un mot. Nicole et moi y jetâmes un coup d'œil.

— Papa... dit Nicole. Je ne veux pas te faire de peine, mais ça ressemble à un ourson en peluche.

C'était un ourson en peluche. Un ourson brun rembourré avec un sourire en coin, assis sur le gazon. Pas du tout le genre de bête qu'on trouve habituellement dans les montagnes.

— Il doit y avoir eu une erreur, dit papa. Attendez que je vous montre les autres photos. Vous verrez. Elles sont incroyables.

Il sortit une autre photo du bac et l'examina.

— Mais...

Je saisis la photo. Encore un ourson en peluche.

Papa prit une troisième photo. Puis une quatrième. Ses mouvements étaient de plus en plus rapides.

— Encore des oursons en peluche! s'écria-t-il, affolé.

Dans la chambre noire, je pouvais discerner la panique sur son visage.

— Qu'est-ce qui se passe? cria-t-il. Où sont les photos que j'ai prises?

— Papa... commença Nicole, es-tu *certain* que les ours que tu as vus étaient réels?

— Évidemment! tonna papa. Je sais faire la différence entre un ours brun et un ours en peluche!

Il se mit à faire les cent pas dans la chambre noire.

— Est-ce que j'aurais égaré la pellicule? murmura-t-il en portant la main à son front. Quelqu'un l'a peut-être mélangée avec une autre...

— Le plus bizarre, c'est que tu as pris des photos d'ours, souligna Nicole. Et tu te retrouves avec des photos d'ours *en peluche*. C'est une drôle de coïncidence.

Papa frappa furieusement sur la table. Il marmonna quelque chose. Il commençait à s'énerver.

— Et si j'avais perdu le film dans l'avion? J'ai peut-être pris le bagage à main d'un autre passager.

Je tournai le dos à mon père, les épaules secouées de mouvements saccadés.

— Jordan! lança mon père en me saisissant par les épaules. Qu'est-ce qu'il y a? Ça ne va pas?

Il me fit pivoter.

— Jordan! s'écria-t-il. Mais... tu ris!

Nicole se croisa les bras. Elle me regarda en plissant les yeux.

— Qu'as-tu fait des photos de papa?

Papa fronça les sourcils.

— Bon, Jordan, déclara-t-il d'une voix plus calme. Assez blagué.

Je cherchai à reprendre haleine, m'efforçant d'arrêter de rire.

— Ne t'en fais pas, papa. Tes photos sont intactes.

Il me lança une photo d'ourson à la figure.

— Intactes? C'est ça que tu appelles intactes?

— J'ai emprunté ton appareil avant ton départ pour le Wyoming, expliquai-je. J'ai pris quelques photos de mon vieil ourson pour te faire une blague. Tu devrais trouver tes vrais ours sur le reste du film.

Je ne peux jamais résister à l'envie de faire une bonne blague.

Nicole déclara :

— Je n'ai rien à voir là-dedans, papa. Je te le jure.

Nicole la Parfaite.

Papa secoua la tête.

— Comme ça, c'était une blague?

Il se tourna vers la pellicule et continua à la développer. La photo suivante montra un véritable ourson en train de pêcher dans un ruisseau. Papa se mit à rire.

— Tu sais, ils ne sont pas aussi différents qu'on aurait pu le croire, dit-il en déposant le cliché à côté de ceux des oursons en peluche.

Je savais que papa ne resterait pas fâché longtemps. C'est toujours comme ça. C'est pour ça que j'aime lui jouer des tours. Il aime en jouer lui aussi.

— Est-ce que je t'ai raconté le tour que j'ai déjà joué à Joe Morrison? demanda-t-il.

Joe est un ami de papa qui est photographe, lui aussi.

— Joe arrivait d'Afrique, où il avait passé des mois à photographier des gorilles. Il était tout fier des extraordinaires photos de gorilles qu'il avait prises. J'avais vu ses photos, et elles étaient spectaculaires. Joe avait rendez-vous avec la rédactrice en chef d'un magazine sur la nature pour lui montrer ses photos. Il était certain qu'elle les publierait sans hésitation. Ce que Joe ne savait pas, c'était que je connaissais la rédactrice en chef. J'étais allé au collège avec elle. Alors, je lui ai téléphoné pour lui demander de m'aider à jouer un tour à Joe. Quand Joe est allé la voir, il lui a montré ses photos. Elle les a regardées sans dire un mot. Finalement, incapable de tolérer le suspense plus longtemps, il a dit : « Et puis? Vous les aimez, oui ou non? » Joe n'est pas très patient.

— Qu'est-ce qu'elle a répondu? demandai-je.

— Elle a froncé les sourcils et a dit : « Vous êtes un bon photographe, monsieur Morrison. Mais j'ai bien peur que vous ne vous soyez fait berner. Ce ne sont pas des gorilles. » Joe en est resté bouche bée. Il a balbutié : « Qu'est-ce que vous voulez dire? » Elle a répondu, d'un air impassible : « Ce sont des humains vêtus d'un costume de gorille. Ne connaissez-vous pas la différence entre un vrai gorille et un homme déguisé, monsieur Morrison? »

Je gloussai. Nicole lui demanda de continuer.

— Joe était au bord de la crise de nerfs. Il a repris ses photos et les a examinées. Il s'est exclamé : « Comment est-ce possible? J'ai passé six mois de ma vie à observer des humains déguisés en gorilles? » Finalement, la rédactrice en chef a éclaté de rire et lui a tout avoué. Elle lui a dit qu'elle adorait ses photos et voulait les publier. Au début, Joe ne voulait pas la croire. Ça lui a pris quinze minutes pour le convaincre de se calmer, conclut papa en riant.

J'éclatai de rire.

— C'était vraiment cruel, papa, le réprimanda Nicole.

Je tiens mon côté blagueur de papa. Nicole ressemble davantage à ma mère. Elle est plus sérieuse.

— Après coup, Joe a trouvé ça drôle, lui dit papa. Il m'a fait des blagues plus souvent qu'à son tour, crois-moi.

Papa plongea une autre photo dans la cuvette, puis la retira avec les pinces. Deux oursons en train de lutter apparurent. Papa sourit, satisfait.

— Ce rouleau est réussi, dit-il. Mais j'ai encore beaucoup de travail, les enfants. Allez donc jouer dehors.

Il éteignit la lumière rouge et alluma le plafonnier. Nicole ouvrit la porte.

— Ne vous salissez pas trop, ajouta papa. Nous allons souper au restaurant ce soir. Je veux célébrer la chance que j'ai eue avec ces ours bruns.

— On va faire attention, lui promit Nicole.

— Parle pour toi, rétorquai-je.

— Je suis sérieux, Jordan, avertit papa.

— Je blaguais, papa.

Une chaleur accablante nous attendait à l'extérieur de la chambre noire. Je sortis avec Nicole dans la cour arrière, clignant des yeux dans le soleil éclatant de l'après-midi. Il faut toujours un peu de temps pour que mes yeux s'habituent après avoir été dans la chambre noire.

— Qu'est-ce que tu veux faire? me demanda Nicole.

— Je ne sais pas, répondis-je. Il fait tellement chaud. Il fait trop chaud pour faire quoi que ce soit.

Nicole ferma les yeux et resta plantée là pendant une minute.

— Nicole? dis-je en la poussant du coude. Qu'est-ce que tu fais?

— Je pense à la neige sur les photos que papa a prises dans les montagnes. Je me suis dit que ça me rafraîchirait peut-être.

Elle demeurait parfaitement immobile, les yeux clos. Une goutte de sueur coulait sur son front.

— Et puis? dis-je. Ça marche?

Elle ouvrit les yeux et secoua la tête.

— Non. Comment imaginer de la neige quand on n'en a jamais touché?

— Tu as raison, répondis-je en soupirant et en regardant autour de moi.

Nous vivons en banlieue de Pasadena. Il n'y a que trois sortes de maisons dans notre quartier. Les trois mêmes types de maison se répètent sur des kilomètres. Chaque pâté de maisons est doté d'un ou deux palmiers, pas assez pour donner de l'ombre. Il y a un terrain vague de l'autre côté de la rue, à côté de la maison des Miller. Ce qu'il y a de plus excitant dans notre jardin, et peut-être même dans toute la rue, c'est le tas de compost dégoûtant de mon père.

Je clignai des yeux et continuai à observer les alentours. Tout m'apparaissait délavé dans la lumière crue du soleil. Même le gazon paraissait pratiquement blanc.

— Je m'ennuie tellement que j'en crierais, gémis-je.

— Faisons une promenade à vélo, suggéra Nicole. Peut-être que la brise nous rafraîchira.

— On pourrait demander à Laura de venir avec nous, dis-je.

Laura Sax vit dans la maison voisine. Elle est dans notre classe à l'école. Je la vois tellement souvent qu'elle pourrait être ma sœur. Après avoir sorti nos vélos du garage, nous allâmes chez Laura. Laissant les vélos appuyés sur le côté de la maison, nous entrâmes dans le jardin.

Laura était assise sur une serviette de plage sous le palmier. Nicole prit place à côté d'elle pendant que je m'adossais à l'arbre.

— Il fait chaud, se plaignit Laura en tirant sur le tissu de son short jaune.

Laura est grande et musclée. Elle a les cheveux bruns et une frange. Sa voix nasillarde semble faite pour se plaindre.

— Ça devrait être l'hiver. C'est l'hiver partout ailleurs! Un hiver normal, avec de la neige, de la glace, de la pluie verglaçante et de l'air froid, très froid. Et nous, qu'est-ce qu'on a? Du soleil, et rien d'autre! Pourquoi faut-il qu'il fasse si chaud?

Soudain, je ressentis une douleur dans le dos.

— Aïe! fis-je en sursautant.

On aurait dit un coup de poignard. Ou du moins, un instrument pointu — et froid comme la glace. Mon visage se tordit de douleur.

— Jordan! s'exclama Nicole. Qu'est-ce que tu as?

Je portai la main à mon dos.

— Qu'est-ce que c'était? m'écriai-je. C'était super froid!

Nicole se leva d'un bond et examina mon dos.

— Jordan, tu as été poignardé! annonça-t-elle. Avec un bâtonnet glacé mauve!

Je me retournai en entendant des ricanements. Les jumeaux Miller se dissimulaient derrière l'arbre.

J'aurais dû le savoir. Les jumeaux Miller, Kevin et Kara. Avec leur nez retroussé, leurs petits yeux de fouine et leurs cheveux roux coupés court. Beurk! Ils transportaient chacun un gros pistolet à eau rouge.

Les jumeaux Miller adorent faire des farces. Ils sont encore pires que moi. Et bien plus méchants.

Tout le monde a peur d'eux dans le voisinage. Ils s'attaquent aux petits enfants qui attendent l'autobus pour leur voler leur argent de poche. Une fois, ils ont même mis une boule puante dans la boîte aux lettres des Sax. L'année passée, Kevin m'a donné un coup bas pendant une partie de basketball. Il a trouvé ça très drôle de voir mon visage virer au violet.

Je ne sais pas pourquoi, les Miller adorent me jouer des tours, plus qu'à quiconque dans le voisinage.

Kara est aussi épouvantable que son frère. Je déteste l'admettre, mais Kara est capable de me terrasser d'un seul coup de poing. Elle l'a prouvé en me faisant un œil au beurre noir l'été dernier.

— Oh, il fait chaud, tellement chaud... se moqua Kara en imitant la voix geignarde de Laura.

Kevin passa son pistolet à eau d'une main à l'autre derrière son dos en faisant mine d'accomplir un mouvement super difficile.

— C'est Arnold qui m'a montré ce truc, se vanta-t-il.

Il voulait me faire croire qu'il parlait d'Arnold Schwarzenegger. Il prétend connaître Arnold. Je suis loin d'être convaincu.

Nicole tira le bas de mon tee-shirt.

— Papa va te tuer, dit-elle.

— Pourquoi dis-tu ça?

Je tendis le cou pour regarder mon dos. Mon tee-shirt était tout taché de mauve.

— Oh non! marmonnai-je.

— Papa nous a dit de ne pas nous salir, me rappela Nicole.

Comme si j'avais besoin qu'on me le rappelle.

— Ne t'inquiète pas, Jordan, intervint Kevin. On va nettoyer ça pour toi.

— Heu, non, ça va, murmurai-je en reculant.

Peu importe ce qu'il voulait vraiment dire par « nettoyer » , je savais que je n'aimerais pas ça.

Et j'avais raison.

Kara et lui pointèrent leurs pistolets dans notre direction, nous aspergeant tous les trois.

— Arrêtez, vous deux! cria Laura. Vous allez nous mouiller!

Kevin et Kara éclatèrent d'un rire démoniaque.

— Vous avez dit que vous aviez *chaud*, non?

Les jumeaux nous trempèrent complètement. Mon tee-shirt était si mouillé que j'aurais pu remplir un verre d'eau en le tordant. Je les fixai d'un regard furieux.

Kevin haussa les épaules :

— On voulait seulement t'aider.

Ouais! Bien sûr.

J'aurais dû être reconnaissant qu'ils se contentent de nous arroser. Ça aurait pu être pire.

Je ne peux pas supporter les jumeaux Miller. Nicole et Laura sont du même avis. Ils se croient tellement supérieurs. Simplement parce qu'ils ont treize ans et ont une piscine.

Leur père travaille dans un studio de cinéma. Les jumeaux se vantent toujours d'assister à des avant-premières et de fréquenter des vedettes de cinéma.

Je n'ai jamais vu une vedette de cinéma aller chez eux. Pas une seule fois.

— Ouache! Vous êtes tout mouillés, se moqua Kara. Pourquoi ne faites-vous pas un tour de vélo pour vous sécher?

J'échangeai un regard avec Nicole. Quand nous sommes seuls, nous nous disputons. Mais quand les Miller sont dans les parages, nous nous serrons les coudes.

Connaissant bien les Miller, nous savions qu'ils n'auraient pas mentionné nos vélos sans avoir une bonne raison. Une mauvaise raison, plutôt.

— Qu'est-ce que vous avez fait à nos vélos? demanda Nicole.

Les Miller prirent une expression innocente :

— Qui, nous? Nous n'avons pas touché à vos précieux vélos. Allez donc voir vous-mêmes!

Nous jetâmes un coup d'œil sur le côté de la maison de Laura, là où nous avions laissé nos vélos.

— Ils ont l'air intacts, souffla Nicole.

— Non, il y a quelque chose de différent, répondis-je. Ils ont l'air bizarres.

Nous nous approchâmes des vélos. Pas étonnant qu'ils aient l'air bizarres. Les guidons avaient été dévissés et remis à l'envers.

— J'espère qu'ils sont équipés d'une marche arrière, ricana Kevin.

D'habitude, je ne suis pas le genre de gars qui cherche la bagarre, mais cette fois, il y eut comme un déclic dans ma tête. Kevin et Kara étaient allés trop loin.

Je me jetai sur Kevin. Nous roulâmes sur le sol en luttant. Je tentai de l'immobiliser avec mon genou, mais il me repoussa.

— Arrêtez! hurla Nicole. Arrêtez!

Kevin me renversa sur le dos.

— Tu penses que tu peux me battre, Jordan? Tu es bien trop poule mouillée pour ça!

Je lui envoyai un bon coup de pied. Il me cloua l'épaule au sol avec son genou.

— Jordan! Attention! cria Nicole d'un ton hystérique.

Je levai les yeux. Kara se tenait au-dessus de moi, une roche de la taille de sa tête entre les mains et un sourire cruel sur le visage.

— Laisse-la tomber, ordonna Kevin.

Je tentai d'éviter la roche en roulant sur moi-même, mais j'étais incapable de bouger, immobilisé par le genou de Kevin.

Kara souleva la roche, puis la laissa tomber... directement sur ma tête.

Je fermai les yeux.

La roche atterrit sur mon front et rebondit un peu plus loin.

J'ouvris les yeux. Kara riait comme une hyène. Elle ramassa la roche et me la lança de nouveau à la figure. Elle rebondit, comme la première fois. Laura la ramassa à son tour :

— C'est une éponge, déclara-t-elle en l'écrasant entre ses mains. Ce n'est pas une vraie roche.

Kevin éclata de rire :

— C'est un accessoire de cinéma, crétin.

— Tu aurais dû voir ton expression, ajouta Kara. Quel peureux!

Je repoussai Kevin d'un coup de pied et me lançai de nouveau sur lui. Cette fois, la colère avait décuplé mes forces. Je le renversai sur le sol et l'immobilisai.

— Qu'est-ce que vous faites, les enfants?

Oh, oh! Papa.

Je me levai d'un bond.

— Salut, papa! On s'amusait, c'est tout.

Kevin s'assit en se frottant le coude.

Papa ne semblait pas avoir remarqué que nous étions en train de nous battre. Il semblait tout excité.

— Écoutez, j'ai une très bonne nouvelle. Le magazine *Vie sauvage* vient d'appeler. Ils veulent m'envoyer en Alaska!

— Super, papa! dis-je d'un ton sarcastique. Tu vas encore faire un voyage extraordinaire pendant qu'on va rester ici et mourir d'ennui.

— Et de chaleur, ajouta Nicole.

Papa éclata de rire :

— J'ai appelé Mme Soulières pour lui demander de vous garder... commença-t-il.

— Oh non! Pas Mme Soulières! criai-je. Papa, elle est horrible! Je ne peux pas supporter sa cuisine. Je vais mourir de faim si elle reste avec nous!

— Mais non, Jordan, riposta Nicole. Même en mangeant uniquement du pain et de l'eau, tu pourrais survivre facilement une semaine.

— Youhou Nicole! Jordan! dit mon père en nous cognant légèrement le crâne de son index replié. Pouvez-vous m'écouter? Je n'ai pas fini.

— Excuse-nous, papa.

— Bon, en fait, Mme Soulières ne peut pas vous garder. Alors, je crois bien que je vais devoir vous emmener.

— En Alaska? m'exclamai-je, trop excité pour y croire.

— Youpi! lança Nicole en trépignant de joie.

— Vous êtes chanceux! dit Laura.

Kara et Kevin restaient là sans mot dire.

— On s'en va en Alaska! m'écriai-je. On va voir de la neige! Des tonnes de neige! De la neige d'Alaska!

J'étais ravi. Et papa ne nous avait même pas encore fait part de la partie la plus intéressante.

— C'est un drôle de contrat, continua-t-il. Ils veulent que je suive la piste d'une espèce de créature des neiges. Un abominable homme des neiges.

— Ça alors! soufflai-je.

Kevin et Kara émirent un grognement.

Nicole secoua la tête :

— Un abominable homme des neiges? Est-ce que quelqu'un l'a vraiment vu?

Papa hocha la tête :

— Des gens auraient aperçu une sorte de monstre des neiges. Qui sait de quoi il s'agit vraiment? Enfin, peu importe ce que c'est, le magazine veut que je le photographie. Mais j'ai bien peur qu'il s'agisse d'une fausse piste. L'abominable homme des neiges n'existe pas.

— Alors, pourquoi y vas-tu? demanda Nicole.

— Qu'est-ce que ça peut te faire? lui dis-je en lui donnant un coup de coude. On s'en va en Alaska!

— Parce que le magazine me paie une somme rondelette, expliqua papa. Et même si je ne trouve pas cette créature des neiges, je pourrai toujours prendre des photos de la toundra.

— Qu'est-ce que c'est, la toundra? demanda Laura.

Papa s'apprêtait à répondre quand Nicole l'interrompit :

— Je vais lui expliquer, papa.

J'avais envie de hurler. Elle fait tout le temps ça à l'école.

— La toundra, c'est une immense plaine gelée. On la trouve dans l'Arctique, en Alaska et en Russie. Le mot *toundra* vient du russe et veut dire...

Je plaquai une main sur sa bouche.

— As-tu d'autres questions, Laura?

Cette dernière secoua la tête.

— Non, c'est tout ce que je voulais savoir.

— Ma sœur, l'intellectuelle, pourrait continuer éternellement si on ne l'arrêtait pas.

J'enlevai ma main de la bouche de Nicole, qui me tira aussitôt la langue.

— Ce voyage va être génial! m'écriai-je. On va voir de la vraie neige et de la vraie glace! On va traquer l'abominable homme des neiges! C'est super!

Une heure plus tôt, nous mourions d'ennui. Et soudain, tout avait changé.

Papa sourit :

— Je dois retourner dans la chambre noire. N'oubliez pas : nous mangeons au restaurant ce soir.

Il traversa la pelouse et entra dans la maison.

Aussitôt qu'il fut entré, Kara se mit à rire :

— L'abominable homme des neiges! Quelle blague!

C'était caractéristique de Kara : trop lâche pour dire ce qu'elle pensait devant papa.

— L'Alaska! L'Alaska! Je vais voir de la neige! se moqua Kevin en sautant sur place.

— Vous allez probablement devenir bleus de froid et geler, dit Kara d'un ton méprisant.

— Ne t'en fais pas pour *nous*, répliqua Nicole. C'est à *votre* tour de geler!

Elle saisit le pistolet à eau de Kara et lui envoya un jet dans la figure.

— Arrête! cria Kevin en se jetant sur Nicole.

Ma sœur s'enfuit en riant, se retournant à quelques reprises pour les arroser.

— Redonne-moi ça! hurla Kara.

Les Miller se lancèrent à la poursuite de Nicole. Kevin pointa son pistolet sur elle et l'arrosa dans le dos.

Je me mis à courir, suivi de Laura. Nicole se précipita dans notre jardin. Elle se retourna encore une fois pour arroser les Miller.

— Vous ne pouvez pas m'attraper! lança-t-elle en reculant, pistolet au poing.

Elle reculait en direction du tas de compost de papa.

Devrais-je l'avertir? me demandai-je.

Non.

— Tenez, vous deux! cria Nicole en dirigeant le jet sur les Miller.

Puis elle glissa et tomba à la renverse... dans le tas de compost.

— Beurk! grogna Laura.

Nicole se releva lentement. Une matière visqueuse d'un brun verdâtre lui dégoulinait dans les cheveux et le long du dos, des bras et des jambes.

— Ouache! s'écria Nicole en essuyant frénétiquement la boue gluante de ses mains. Ouaaaaache!

Nous restâmes plantés là, à la regarder. Elle avait l'air d'une espèce d'abominable homme des neiges, couvert de pâte gluante.

C'est alors que papa passa la tête par la porte arrière.

— Êtes-vous prêts à partir pour le resto?

— C'est là! cria papa pour couvrir le bruit du moteur du petit avion. C'est Iknek. Voilà la piste d'atterrissage.

J'observai par la fenêtre l'étroite bande brune où nous allions atterrir. Pendant la dernière demi-heure, je n'avais rien vu d'autre que des kilomètres et des kilomètres de neige. Wow! C'était tellement *blanc*!

J'adorais la façon dont la neige scintillait au soleil. Ça me faisait penser aux chansons de Noël. En fait, la chanson *Au royaume du bonhomme hiver* me trottait sans cesse dans la tête... il y avait de quoi devenir fou!

Je gardai l'œil ouvert pour repérer des empreintes géantes du haut des airs. De quelle grosseur pouvaient bien être les traces de pas de l'abominable homme des neiges? Assez grosses pour être vues d'un avion volant à basse altitude?

— J'espère qu'il y a un restaurant là-bas, déclara Nicole. Je meurs de faim.

Papa lui tapota l'épaule :

— Nous allons manger un bon repas chaud avant d'entreprendre notre expédition. Mais après ça, nous devrons nous contenter de nourriture de camping.

— Comment allons-nous faire pour allumer un feu dans la neige? demanda Nicole.

— Nous allons dormir dans une petite cabane, répondit papa. Elle est loin dans la toundra, mais c'est mieux que de dormir sous la tente. Il devrait y avoir un poêle dans la cabane. Du moins, je l'*espère*.

— Est-ce qu'on pourra aussi construire un igloo et y dormir? demandai-je. Ou alors creuser une caverne de glace?

— On ne construit pas un igloo en claquant des doigts, Jordan, dit Nicole d'un ton sec. Ce n'est pas comme construire un fort. Pas vrai, papa?

Papa retira le bouchon d'objectif de son appareil photo et commença à prendre des photos à travers le hublot.

— Bien sûr, dit-il d'un air distrait.

Nicole se tourna vers la fenêtre. Je l'imitai derrière son dos : « On ne construit pas un igloo en claquant des doigts », articulai-je sans émettre un son.

Parfois, elle se prend pour mon enseignante. C'est vraiment embarrassant quand elle fait ça devant tout le monde à l'école.

— Comment va-t-on faire pour trouver la cabane? dit Nicole. Tout se ressemble tellement dans la neige.

Papa se tourna en appuyant sur le déclencheur.

— Qu'est-ce que tu as dit?

— Je me demandais comment on allait faire pour trouver la cabane, répéta Nicole. Sais-tu comment te servir d'une boussole?

— Une boussole? Non, mais ça ne fait rien. Un type appelé Arthur Maxwell doit nous rencontrer à l'aéroport. Il sera notre guide dans la toundra.

— Je connais Arthur, lança le pilote. C'est un meneur de chiens qui a beaucoup d'expérience. Il sait tout sur les chiens et les traîneaux. Il connaît cette partie de l'Alaska mieux que tout le monde.

— Il a peut-être vu l'abominable homme des neiges, dis-je.

— Et comment sais-tu qu'il existe? se moqua Nicole. On n'a vu aucun signe de lui encore.

— Nicole, il y a des gens qui l'ont *vu* de leurs propres yeux, rétorquai-je. Et s'il n'existe pas, qu'est-ce qu'on est venus faire ici?

— Certaines personnes *disent* l'avoir vu, répliqua Nicole. Peut-être qu'elles *croient* l'avoir vu. Moi, je n'y croirai pas tant que je n'aurai pas plus d'informations.

L'avion décrivit un cercle au-dessus de la petite ville. Je tripotai la fermeture éclair de mon nouveau blouson pour l'Arctique. Quelques minutes plus tôt, j'avais faim, mais maintenant, j'étais trop excité pour penser à manger.

Il y a vraiment un abominable homme des neiges quelque part en bas, me dis-je. *J'en suis sûr*. Je frissonnai, malgré le souffle d'air chaud qui provenait de l'avant de l'avion.

Et si nous le trouvions? Qu'est-ce qui arriverait?

Qu'est-ce qui se passerait si l'abominable homme des neiges n'aimait pas se faire photographier?

L'avion avait perdu de l'altitude et s'apprêtait à atterrir. Il toucha le sol en cahotant et roula le long de la piste, faisant une embardée au moment où le pilote appliqua les freins.

Une forme gigantesque apparut au bout de la piste. Une silhouette blanche et monstrueuse.

— Papa! Regarde! m'écriai-je. Je le vois! C'est l'abominable homme des neiges!

L'avion s'immobilisa dans un grincement de freins juste devant le gros monstre.

Papa, Nicole et le pilote se mirent à rire… de *moi*.

J'étais mort de honte. Mais je ne pouvais pas leur en vouloir. Le gros monstre blanc était un ours polaire.

Une statue d'ours polaire, en fait.

— L'ours polaire est le symbole de la ville, expliqua le pilote.

— Oh, murmurai-je.

Conscient que je rougissais, je lui tournai le dos.

— Jordan le savait, intervint mon père. Il voulait seulement nous faire une de ses blagues.

— Heu, c'est ça, dis-je à mon tour. Je savais que c'était une statue.

— Ce n'est pas vrai, Jordan, lança Nicole. Tu avais vraiment peur!

Je lui donnai un coup de poing sur le bras.

— Non! C'était une blague!

Papa nous entoura les épaules de ses bras.

— N'est-ce pas merveilleux de les voir se taquiner? dit-il au pilote.

— Si vous le dites, répondit ce dernier.

Nous sautâmes hors de l'avion. Le pilote ouvrit la soute à bagages et nous tendit nos sacs à dos.

Papa avait apporté une énorme malle hermétique contenant ses rouleaux de pellicule, ses appareils photo, de la nourriture, nos sacs de couchage et diverses provisions. Le pilote l'aida à la transporter hors de la piste.

La malle était si grosse que papa aurait pu y entrer. Elle me faisait penser à un cercueil de plastique rouge.

L'aérogare d'Iknek se limitait à une petite maison de bois comprenant seulement deux pièces. Deux pilotes vêtus de blousons de cuir étaient en train de jouer aux cartes à une table.

Un grand homme musclé aux cheveux foncés, à la barbe fournie et à la peau tannée se leva et traversa la pièce pour nous accueillir. Son parka gris ouvert laissait voir une chemise de flanelle et un pantalon de daim.

Ce doit être notre guide, me dis-je.

— Monsieur Blake? dit l'homme d'une voix basse et rauque. Je suis Arthur Maxwell. Avez-vous besoin d'aide?

Il saisit une extrémité de la malle.

— C'est une bien grosse malle que vous avez là, ajouta-t-il. Avez-vous vraiment besoin de tout ça?

— J'ai beaucoup d'appareils photo, de trépieds et de... commença papa en rougissant. Heu, j'ai peut-être apporté trop de choses.

— C'est bien mon avis, lança Arthur en nous jetant un regard sévère.

— Appelez-moi Gary, enchaîna papa. Et voici mes enfants, Jordan et Nicole.

— Bonjour, dit Nicole.

— Enchanté, ajoutai-je.

Je peux être poli quand il le faut.

Arthur nous toisa, puis poussa un grognement.

— Vous n'aviez pas parlé d'enfants, marmonna-t-il après une minute.

— Mais oui! protesta papa.

— Je ne m'en souviens pas, répliqua Arthur en fronçant les sourcils.

Tout le monde garda le silence. Nous sortîmes de l'aéroport et nous mîmes à marcher le long de la route boueuse.

— J'ai faim, dis-je. Allons manger en ville.

— À quelle distance se trouve la ville, Arthur? demanda mon père.

— À quelle distance? répéta Arthur. Mais vous y êtes!

Je regardai autour de moi avec étonnement. Il n'y avait qu'une seule route. Elle commençait à l'aéroport et se terminait dans un tas de neige à une distance équivalant à deux pâtés de maisons. Quelques bâtiments de bois étaient disséminés le long de la route.

— C'est ici? m'écriai-je.

— Ce n'est pas Pasadena, grommela Arthur. Mais c'est chez nous.

Il nous conduisit jusqu'à un casse-croûte appelé Chez Betty.

— Vous devez avoir faim, grommela Arthur. Vous feriez bien de manger avant le départ.

Nous prîmes place sur une banquette près de la fenêtre. Papa et Arthur commandèrent du café et du ragoût de bœuf, et Nicole et moi, des hamburgers, des frites et du coca-cola.

— J'ai un traîneau et quatre chiens prêts à partir, annonça Arthur. Les chiens peuvent tirer votre malle et les autres provisions. Quant à nous, nous marcherons à côté du traîneau.

— C'est parfait, dit papa.

— Hé! protestai-je. On va marcher? Est-ce que c'est loin?

— Environ quinze kilomètres, répondit Arthur.

— Quinze kilomètres! m'exclamai-je.

Je n'avais jamais franchi pareille distance à pied.

— Pourquoi faut-il marcher? repris-je. On ne peut pas prendre un hélicoptère?

— Non, répondit mon père. Je veux prendre des photos en route. Le paysage est fascinant. On ne sait jamais ce qu'on peut rencontrer.

Peut-être qu'on rencontrera l'abominable homme des neiges, me dis-je. *Ce serait super.*

Notre nourriture arriva et nous mangeâmes en silence. Arthur regardait par la fenêtre tout en mangeant, évitant de nous regarder dans les yeux. Dehors, une Jeep passa sur la route.

— Avez-vous déjà vu cette créature des neiges que nous recherchons? demanda papa à Arthur.

Celui-ci piqua sa fourchette dans un morceau de viande et la mit dans sa bouche. Il se mit à mâcher. Il mâcha encore un peu. Papa, Nicole et moi le regardâmes en attendant qu'il réponde.

Il finit par avaler et déclara :

— Jamais. J'en ai entendu parler, par contre. J'ai entendu bien des histoires.

J'attendis qu'il nous en raconte une. Mais il continua à manger.

Finalement, incapable d'attendre, je lui demandai :

— Quel genre d'histoires?

Il trempa un peu de pain dans la sauce, mit le morceau dans sa bouche et mâcha. Puis, après avoir avalé, il dit :

— Il y a deux ou trois personnes en ville qui ont vu le monstre.

— Où ça? demanda papa.

— Près de la colline, pas très loin de la cabane des meneurs de chiens où on va dormir ce soir.

— Et de quoi a-t-il l'air? demandai-je.

— Il paraît qu'il est gros, dit Arthur. Gros et couvert de fourrure brune. Il ressemble à un ours. Mais il marche sur deux pattes comme un homme.

Je frissonnai. Sa description me faisait penser à un méchant monstre des cavernes que j'avais déjà vu dans un film d'horreur.

— Personnellement, j'espère que nous ne le trouverons pas, dit Arthur en hochant la tête.

Papa en resta bouche bée :

— Mais... c'est pour ça que nous sommes ici. Je suis payé pour le trouver… s'il existe.

— Oh, pour ça, il existe, déclara Arthur. Un de mes amis, qui est aussi meneur de chiens, est tombé sur le monstre des neiges en plein blizzard.

— Et qu'est-ce qui s'est passé? demandai-je.

— Je ne devrais pas vous le dire, répondit Arthur en s'emplissant la bouche de pain.

— Mais nous voulons le savoir! insista papa.

Arthur se caressa la barbe.

— Le monstre s'est emparé de l'un de nos chiens et s'est enfui. Mon ami l'a poursuivi pour essayer de reprendre son chien, mais il n'a jamais pu le trouver. Il pouvait entendre le chien gémir et pousser des hurlements lamentables. On ne sait pas ce qui est arrivé au chien, mais ça semblait horrible.

— Ce monstre est probablement carnivore, dit Nicole. C'est un mangeur de viande, comme la plupart des animaux du coin. Il y a si peu de végétation...

Je lui donnai un coup de coude.

— Je veux entendre parler de l'homme des neiges, pas de tes détails scientifiques ennuyeux!

Arthur lança un regard agacé à Nicole. Il devait se demander de quelle planète elle sortait! Moi, c'est une question que je me pose souvent.

Il s'éclaircit la gorge et poursuivit :

— Mon ami est revenu en ville. Lui et un autre gars sont repartis pour essayer de capturer le monstre des neiges. Une décision idiote, si vous voulez mon avis.

— Qu'est-ce qui leur est arrivé? demandai-je.

— Je ne sais pas, répondit Arthur. Ils ne sont jamais revenus.

— Hein? dis-je, abasourdi, en avalant ma salive. Ils ne sont jamais revenus?

— Non, ils ne sont jamais revenus, confirma Arthur d'un ton solennel.

7

— Ils se sont peut-être perdus dans la toundra, suggéra papa.

— Ça m'étonnerait, répondit Arthur. Ces deux gars savaient ce qu'ils faisaient. C'est le monstre qui les a tués. J'en suis certain.

Il s'interrompit pour étaler du beurre sur une tranche de pain.

— Ferme la bouche, Jordan, me dit Nicole. Je ne veux pas voir tes frites à moitié mâchées.

Je devais avoir la bouche ouverte. Je la fermai et avalai.

Cet Arthur a l'air d'un drôle de numéro, me dis-je. *Mais il ne nous ment pas. Il croit vraiment à l'existence de l'abominable homme des neiges.*

Nicole lui demanda :

— Est-ce que quelqu'un d'autre l'a vu?

— Oui. Deux reporters d'une station de télé new-yorkaise. Ils ont entendu parler de ce qui était arrivé à mon ami et sont venus enquêter. Ils se sont aventurés dans la toundra. Ils ne sont jamais revenus, eux non plus. On en a retrouvé un complètement gelé dans un bloc de glace. On ne sait pas ce qui est arrivé à l'autre. Il y a aussi Mme Carter, qui vit au bout de la rue Principale. Elle a vu le monstre des neiges quelques jours plus tard quand elle observait la toundra avec sa longue-vue. Il mâchait des os, nous a-t-elle dit. Si vous ne me croyez pas, allez le lui demander.

Papa émit un son. Je lui jetai un coup d'œil. Il s'efforçait de ne pas rire.

Je ne voyais pas ce qu'il y avait de si drôle. Ce monstre des neiges me semblait vraiment effrayant.

Arthur jeta un regard courroucé à papa :

— Vous n'êtes pas obligé de me croire, monsieur Blake, ajouta-t-il.

— Appelez-moi Gary, répéta mon père.

— Je vais vous appeler comme je le veux, monsieur Blake, répondit Arthur d'un ton sec. Je vous ai dit la vérité. Ce monstre existe, et il est dangereux. Vous courez un grand risque en vous lançant à sa recherche. Personne ne l'a jamais attrapé. Et quiconque part à sa poursuite... ne revient jamais.

— Nous allons courir notre chance, dit papa. J'ai entendu des histoires comme celle-là auparavant, dans d'autres coins du monde. Des histoires de monstres de la jungle ou de créatures marines étranges. Et jusqu'à présent, ces histoires se sont toujours révélées fausses. J'ai le sentiment que ce sera la même chose pour l'abominable homme des neiges.

Je voulais voir le monstre des neiges, c'est vrai. Mais en même temps, j'espérais que papa avait raison. *Je ne mérite pas de mourir juste parce que j'ai voulu voir de la neige!* me dis-je.

— Eh bien, déclara papa en s'essuyant la bouche. Tout le monde est prêt à partir?

— Je suis prête, dit Nicole.

— Moi aussi, dis-je, impatient d'aller marcher dans la neige.

Arthur, lui, demeura silencieux. Papa régla l'addition.

Pendant que nous attendions la monnaie, je lui demandai :

— Papa, et si l'abominable homme des neiges existe? Qu'est-ce qu'on fera si on le rencontre?

Papa sortit un petit objet noir de la poche de son blouson.

— Voilà un émetteur radio, expliqua-t-il. Si nous avons des problèmes dans la toundra, je pourrai communiquer avec le poste des gardes du parc. Ils nous enverront un hélicoptère.

— Quel genre de problèmes, papa? demanda Nicole.

— Je suis certain qu'il n'arrivera rien, nous rassura papa. Mais il vaut mieux être prêt à faire face à toute éventualité. N'est-ce pas, Arthur?

Ce dernier se lécha les lèvres et s'éclaircit la voix, mais ne dit rien. Il était probablement fâché parce que papa ne croyait pas à ses histoires de monstre.

Papa remit l'émetteur dans sa poche et laissa un pourboire à la serveuse. Puis nous sortîmes dans l'air froid de l'Alaska, prêts à nous aventurer dans la toundra gelée.

Est-ce que l'abominable homme des neiges nous y attendait?

Nous allions bientôt le savoir.

Et *paf!*

En plein dans le mille. J'atteignis Nicole au milieu du dos avec ma boule de neige.

— Papa! cria-t-elle. Jordan m'a lancé une boule de neige!

Papa avait l'œil rivé à l'objectif de son appareil et prenait des photos, comme d'habitude.

— C'est très bien, Nicole, dit-il d'un ton distrait.

Ma sœur leva les yeux au ciel. Puis elle m'arracha ma tuque, la remplit de neige et me l'écrasa sur la tête.

La neige se mit à couler sur mon visage. Le froid me brûlait la peau.

Au début, je trouvais que la neige était super. Je pouvais l'écraser dans mes mains pour en faire des boules. Je pouvais me laisser tomber dedans sans me faire mal. Je pouvais en mettre sur ma langue et la laisser fondre.

Mais je commençais à ressentir le froid. Mes orteils et mes doigts étaient engourdis. Nous avions déjà parcouru trois kilomètres. Quand je regardais derrière nous, je ne pouvais plus voir la ville. Je ne voyais que le ciel et la neige.

Plus que douze kilomètres jusqu'à la cabane, me dis-je en remuant les doigts dans mes mitaines. *Douze kilomètres de plus! Ça va nous prendre une éternité.*

Tout autour de nous, il n'y avait rien à part la neige. Des kilomètres et des kilomètres de neige.

Papa et Arthur marchaient péniblement à côté du traîneau, tiré par quatre huskys appelés Binko, Rocky, Tintin et Lars. Ce dernier était le préféré de Nicole. Le long traîneau étroit contenait la grosse malle de papa et le reste des provisions.

Nicole et moi transportions chacun un sac à dos rempli de vivres et d'autres provisions. Juste au cas, avait dit papa.

Que voulait-il dire? me demandai-je. *Au cas où nous nous perdrions? Au cas où les chiens s'enfuiraient avec le traîneau? Au cas où l'abominable homme des neiges nous capturerait?*

Papa prenait des photos des chiens, de nous, d'Arthur, de la neige.

Nicole se laissa tomber à la renverse dans un banc de neige.

— Regardez! J'ai fait un ange! cria-t-elle en agitant les bras de bas en haut.

Elle se releva d'un bond pour nous faire admirer son ange de neige.

— Pas mal, admis-je.

Je me couchai sur le dos pour en faire autant. Quand Nicole s'approcha pour examiner mon œuvre, j'en profitai pour lui lancer une boule de neige.

— Hé! cria-t-elle. Tu vas me le payer!

Je me remis debout et m'éloignai en courant. La neige profonde crissait sous mes pas. Nicole se lança à ma poursuite. Nous dépassâmes le traîneau.

— Attention, les enfants! nous cria papa. Ne faites pas de bêtises!

Je trébuchai dans la neige. Nicole se jeta sur moi. Je me libérai en me tortillant et m'enfuis de nouveau.

Quelle sorte de bêtises pourrait-on faire? me demandai-je en continuant d'avancer dans la neige. *Il n'y a rien d'autre que de la neige à des kilomètres aux alentours. On ne pourrait même pas se perdre, ici!*

Je me retournai et me mis à courir à reculons, tout en faisant signe à Nicole :

— Essaie de m'attraper, mademoiselle Je-sais-tout!

— C'est bébé ce que tu dis, répondit-elle en me pourchassant.

Soudain, elle s'arrêta et montra du doigt quelque chose derrière moi.

— Jordan! Attention!

— Ouais, ouais! Tu ne m'auras pas avec ce vieux tour, lançai-je.

Je continuai à reculer dans la neige, bien décidé à ne pas la quitter des yeux. J'avais trop peur qu'elle ne me bombarde de boules de neige.

— Jordan! Je ne blague pas! hurla-t-elle. Arrête-toi!

Boum!

J'atterris sur le dos dans un tas de neige.

— Ouf! m'exclamai-je, étourdi.

Je tentai de reprendre mon souffle. Puis je regardai autour de moi. J'étais tombé dans une profonde crevasse. J'étais assis, grelottant, sur le banc de neige, entouré de falaises abruptes formées de roc et de glace bleutée.

Je me mis debout et levai la tête. Le haut de la crevasse se trouvait à au moins six mètres au-dessus de moi. Je tentai frénétiquement de me cramponner aux parois glacées. Je m'agrippai à une arête rocheuse en tâtonnant pour trouver une prise de pied, dans l'espoir de grimper jusqu'en haut.

Je parvins à me hisser sur un demi-mètre. Puis ma main glissa et je retombai au fond. J'essayai encore, mais la glace était trop lisse.

Comment allais-je pouvoir me sortir de là?

Où étaient papa et Nicole? Je tentai de me réchauffer les joues avec mes mitaines.

Pourquoi ne viennent-ils pas me chercher? Je vais geler, moi!

Le visage de Nicole apparut soudain dans l'ouverture de la crevasse. Je n'avais jamais été aussi heureux de la voir!

— Jordan! Est-ce que ça va?

— Sors-moi d'ici!

— Ne t'inquiète pas, m'assura-t-elle. Papa s'en vient.

Je m'adossai à la paroi. Le soleil n'atteignait pas le fond de la crevasse. J'avais l'impression que mes orteils étaient sur le point de tomber tellement ils étaient gelés! Je me mis à sauter sur place pour me réchauffer.

Quelques minutes plus tard, j'entendis la voix de papa :

— Jordan? T'es-tu fait mal?

— Non, papa! criai-je.

Il me regardait du haut de la crevasse, entouré de Nicole et Arthur.

— Arthur va faire descendre une corde, dit papa. Tiens-la bien et nous allons te remonter.

Je me plaçai sur le côté pendant qu'Arthur lançait l'extrémité d'une corde à nœuds dans la crevasse. J'attrapai la corde.

Arthur cria :

— Oh! Hisse!

Papa et Arthur tirèrent sur la corde. Je plantai mes pieds dans les aspérités de la glace, m'arcboutant contre la paroi. La corde me glissa entre les doigts. Je la serrai encore plus fort.

— Tiens-toi bien! cria papa.

Ils tirèrent encore. J'avais l'impression que j'allais me déboîter les épaules.

—Aïe! criai-je. Faites attention!

Ils me remontèrent lentement jusqu'au bord de la crevasse. Je ne leur étais pas d'une grande aide. Mes pieds ne cessaient de glisser sur les parois glacées. Papa et Arthur me prirent par les mains et me hissèrent hors du trou.

Je restai étendu sur la neige, tentant de reprendre haleine.

Papa vérifia que je n'avais pas d'entorse ni de fracture aux bras et aux jambes.

— Tu es sûr que tu vas bien? me demanda-t-il.

Je fis signe que oui.

— C'était une erreur d'emmener les enfants avec nous, grommela Arthur. La neige n'est pas aussi solide qu'elle le paraît. Si on ne t'avait pas vu tomber, on n'aurait jamais pu te retrouver.

— Il faut que nous soyons plus prudents, dit papa. Je veux que vous restiez toujours près du traîneau.

Il s'inclina au-dessus de la crevasse et prit une photo.

Je me relevai et essuyai la neige de mon pantalon.

— Je vais faire plus attention, maintenant, promis-je.

— Tant mieux, dit papa.

— Il est de temps de repartir, ajouta Arthur.

Nous continuâmes notre route. De temps en temps, je donnais un coup de coude à Nicole, et elle me le rendait. Mais nous étions plus calmes. Nous ne voulions pas finir gelés au fond d'un trou enneigé.

Papa prenait des photos tout en marchant.

— Est-ce que la cabane est encore loin? demanda-t-il à Arthur.

— Encore trois kilomètres, répondit ce dernier en désignant une colline escarpée au loin. Vous voyez cette crête, à environ quinze kilomètres? C'est là que le monstre a été aperçu la dernière fois.

L'abominable homme des neiges a été vu près de cette colline, me dis-je. *Où se trouve-t-il maintenant?*

Est-ce qu'il nous voit approcher? Est-ce qu'il se cache quelque part pour nous observer?

Je continuai à regarder la colline tout en marchant. Elle semblait grossir à mesure que nous approchions. Elle était parsemée de pins et de rochers.

Après environ une heure, une minuscule tache brune apparut à un kilomètre de distance.

— C'est la cabane des meneurs de chiens où nous allons passer la nuit, expliqua papa en frottant ses gants l'un contre l'autre. Ça va faire du bien de nous asseoir près d'un bon feu.

Je frappai mes mitaines ensemble pour activer la circulation de mes mains et déclarai :

— J'ai hâte! Il doit faire -2000 degrés ici!

— En fait, il fait -10, déclara Nicole. Du moins, c'est la température moyenne de la région à cette période de l'année.

— Merci pour le bulletin météo, raillai-je. Et maintenant, passons aux sports. Arthur?

Celui-ci fronça les sourcils. Je suppose qu'il n'avait pas compris ma blague.

Il ralentit le pas pour vérifier l'arrière du traîneau. Papa se retourna et le photographia.

— Quand nous arriverons à la cabane, je prendrai quelques photos du paysage, dit papa en changeant son rouleau de pellicule. Peut-être que je photographierai aussi la cabane. Et ensuite, au dodo. Nous avons une grosse journée demain.

Quand nous atteignîmes la cabane, il était presque 8 h du soir.

— Il nous a fallu trop de temps pour arriver ici, grogna Arthur. Nous avons quitté la ville après le dîner. Ça aurait dû nous prendre environ cinq heures. Les enfants qui ont des *accidents*, ça ralentit.

Papa se planta à quelques pieds de lui et le photographia pendant qu'il parlait.

— Monsieur Blake, m'avez-vous entendu? gronda Arthur. Arrêtez de me photographier!

— Quoi? fit papa en baissant son appareil photo. Oh, oui, les enfants. Ils doivent avoir faim.

J'explorai la cabane. Ça ne prit pas de temps. C'était une cabane de bois minuscule, ne contenant qu'un vieux poêle à bois et deux lits de camp délabrés.

— Pourquoi la cabane est-elle vide? demanda Nicole.

— Les meneurs de chiens ne s'arrêtent plus ici, expliqua Arthur. Ils ont peur du monstre.

Ça ne me disait rien de bon. Je jetai un coup d'œil à Nicole. Elle leva les yeux au ciel.

Arthur installa les chiens dans un appentis construit à l'arrière de la cabane. Il était tapissé de paille à l'intention des chiens. J'aperçus un vieux traîneau rouillé appuyé dans un coin. Arthur alluma ensuite un feu et commença à préparer le souper.

— Demain, nous partirons à la recherche de ce supposé monstre, annonça papa. J'espère que tout le monde passera une bonne nuit.

Après le souper, nous nous glissâmes dans nos sacs de couchage. Je demeurai éveillé un long moment, à écouter le vent qui hurlait à l'extérieur. À surveiller le bruit sourd des pas de l'abominable homme des neiges.

— Nicole! Pousse-toi un peu!

Ma sœur roula sur elle-même dans son sac de couchage et me planta son coude dans les côtes. Je repoussai son bras et me blottis plus profondément dans mon sac de couchage bien chaud.

Nicole ouvrit les yeux. Un brillant soleil matinal s'infiltrait dans la cabane.

— Je vais revenir dans une minute préparer le déjeuner, nous dit mon père, assis sur une chaise en train de lacer ses bottes. D'abord, je vais aller voir les chiens. Arthur est allé les nourrir il y a quelques minutes.

Il s'emmitoufla et sortit. Je me frottai le nez. Il était froid. Le feu s'était éteint dans le poêle durant la nuit. Personne ne l'avait rallumé.

Je me forçai à sortir de mon sac de couchage et commençai à m'habiller. Nicole se leva, elle aussi.

— Penses-tu qu'il y a une douche et de l'eau chaude dans ce trou à rats? demandai-je.

— Tu sais très bien que non, Jordan, répondit ma sœur d'un air suffisant.

— Oh! C'est incroyable! fit la voix de mon père à l'extérieur.

J'enfilai mes bottes et me précipitai dehors. Nicole marchait sur mes talons.

Papa se tenait sur le côté de la cabane et montrait le sol du doigt avec stupéfaction.

Je regardai à mon tour... et vis des empreintes profondes dans la neige. De grosses empreintes. D'*énormes* empreintes. Si énormes que seul un monstre avait pu les laisser.

10

— Incroyable! répéta papa, les yeux fixés sur la neige.

Arthur sortit de l'appentis et s'approcha de nous. Il s'arrêta net en voyant les empreintes.

— Non! s'écria-t-il. Il est venu ici!

Son visage rougeaud avait pâli. Sa mâchoire tremblait de terreur.

— Nous devons partir, et vite! dit-il à mon père d'une voix basse et effrayée.

Mon père tenta de le calmer :

— Attendez une minute. Ne sautons pas aux conclusions.

— Nous courons un grand danger! insista Arthur. Le monstre est tout près! Il va nous mettre en lambeaux!

Nicole s'agenouilla dans la neige pour examiner les empreintes.

— Pensez-vous que ce sont de véritables empreintes? demanda-t-elle. De véritables empreintes d'abominable homme des neiges?

Elle pense qu'elles sont vraies, me dis-je. *Elle y croit*.

Papa se baissa à son tour :

— Elles ont l'air vraies, dit-il.

Puis je vis un éclair dans ses yeux. Il leva la tête et me regarda d'un air soupçonneux.

Je reculai.

— Jordan! Non! cria ma sœur d'une voix accusatrice.

Je ne pus me retenir. J'éclatai de rire.

Papa secoua la tête :

— Jordan. J'aurais dû le savoir.

— Quoi? demanda Arthur, déconcerté. Vous voulez dire que c'est votre fils qui a fait ces empreintes? reprit-il d'un ton fâché. C'était une blague?

— J'ai bien peur que oui, Arthur, dit papa en soupirant.

Arthur me jeta un regard courroucé. Sous sa barbe, son visage prit une teinte rouge comme la couleur d'une tranche de steak cru. Je me mis à trembler. C'était plus fort que moi. Arthur me faisait peur. Il était évident qu'il n'aimait pas les enfants, surtout ceux qui lui jouaient des tours.

— J'ai du travail à faire, marmonna-t-il avant de tourner les talons et de s'éloigner d'un pas lourd dans la neige.

— Jordan, espèce de crétin, dit Nicole. Quand as-tu fait ça?

— Je me suis réveillé tôt ce matin et je me suis faufilé dehors, avouai-je. Vous dormiez tous encore. J'ai élargi mes propres traces de pas à l'aide de mes mitaines. Ensuite, j'ai marché dans les empreintes pour revenir, afin de ne pas laisser de traces... Et tu y as cru! m'exclamai-je en pointant mon index sur elle. Pendant une minute, tu as cru au monstre des neiges!

— Pas du tout! protesta Nicole.

— Oui, insistai-je. J'ai réussi à te faire croire au monstre.

Mon regard passa du visage maussade de Nicole à celui, sévère, de mon père.

— Tu ne trouves pas ça drôle? demandai-je à mon père. C'était seulement une plaisanterie!

D'habitude, mon père aime mes blagues. Mais pas cette fois.

— Jordan, nous ne sommes pas à Pasadena.

Nous sommes au beau milieu de nulle part. Dans la nature sauvage de l'Alaska. Il peut y avoir du danger. Tu as vu, hier, quand tu es tombé dans la crevasse?

Je fis signe que oui, la tête basse.

— Je suis sérieux, Jordan, dit papa. Plus de blagues. Je suis ici pour travailler. Et je ne veux pas qu'il arrive quoi que ce soit à Nicole, à toi ou à quiconque d'entre nous! C'est compris?

— Oui, papa.

Personne ne dit rien pendant un moment. Puis papa me tapota le dos.

— Bon, rentrons déjeuner.

Arthur revint à la cabane quelques minutes plus tard. Il martela le sol de ses bottes pour en faire tomber la neige, tout en me foudroyant du regard.

— Tu te crois très comique, me siffla-t-il. Mais attends de le rencontrer, l'homme des neiges. Penses-tu que tu trouveras ça drôle?

J'avalai ma salive.

La réponse à sa question était non. Pas du tout.

11

Après le déjeuner, nous attachâmes les chiens au traîneau et nous dirigeâmes vers la colline. Arthur refusait de me parler et évitait même de me regarder. Je supposai qu'il était encore fâché à cause de ma blague.

Les autres m'ont déjà pardonné, me dis-je. *Pourquoi pas lui?*

Je marchais avec Nicole à l'avant du traîneau à côté des chiens. Derrière moi, j'entendis le déclic répété de l'appareil photo de papa. Ça voulait dire qu'il avait trouvé quelque chose d'intéressant à photographier. Je me retournai.

Un grand troupeau d'orignaux se dirigeait vers la colline. Nous nous arrêtâmes pour les observer.

— Regardez-les, chuchota papa. Ils sont magnifiques, non?

Il remplaça rapidement le rouleau de pellicule et se remit à appuyer sur le déclencheur.

Les orignaux avançaient calmement, la tête haute. Ils s'arrêtèrent pour manger près d'un bosquet d'arbustes. Arthur tira sur les rênes du chien de tête pour l'empêcher d'aboyer.

Soudain, un orignal leva la tête. Il semblait avoir senti quelque chose.

Les autres semblaient nerveux, eux aussi. Tout à coup, ils firent demi-tour et s'enfuirent en galopant dans la toundra. Le bruit de leurs sabots retentissait sur la neige.

Papa laissa retomber son appareil sur sa poitrine.

— Bizarre, dit-il. Je me demande ce qu'ils ont.

— Quelque chose leur a fait peur, dit Arthur d'un air sombre. Ce n'était pas nous. Ni les chiens.

— Qu'est-ce que c'était, alors? demanda papa en scrutant l'horizon.

Nous attendîmes tous qu'Arthur réponde. Mais il se borna à dire :

— Nous devrions faire demi-tour et rentrer.

— Non, dit papa. Nous n'allons quand même pas abandonner après avoir franchi toute cette distance.

— Allez-vous suivre mon conseil, oui ou non? demanda Arthur en le toisant.

— Non, répliqua papa. J'ai un travail à faire, et je vous ai embauché pour m'aider. Nous n'allons pas rentrer sans avoir une bonne raison.

— Mais nous avons une bonne raison, insista Arthur. Seulement, vous refusez de l'admettre.

— Continuons, ordonna papa.

Arthur fronça les sourcils et cria à l'intention des chiens :

— Mush!

Le traîneau avança. Nous nous remîmes à marcher en direction de la colline.

Nicole me précédait de quelques pas. Je ramassai un peu de neige et la tapotai pour façonner une boule. Mais je décidai de ne pas la lui lancer. Personne ne semblait d'humeur à faire une bataille de boules de neige.

Nous marchâmes dans la neige pendant deux heures. Je retirai mes mitaines et remuai les doigts. Du givre ne cessait de se former sur ma lèvre supérieure et je devais constamment l'essuyer.

Nous atteignîmes un bosquet de pins au pied de la colline. Soudain, les chiens s'immobilisèrent et se mirent à aboyer.

— Mush! cria Arthur.

Les chiens refusèrent d'avancer.

Nicole s'approcha de son chien préféré, Lars.

— Qu'est-ce qu'il y a, Lars?

Ce dernier se mit à hurler.

— Qu'est-ce qu'ils ont? demanda papa à Arthur.

Le visage de notre guide avait pâli. Ses mains tremblaient. Il regardait fixement les arbres, plissant les yeux dans la lumière du soleil.

— Quelque chose les a sûrement effrayés, dit-il. Regardez comme leurs poils sont hérissés.

Je flattai Lars. C'était vrai. Sa fourrure était hérissée. Il grognait.

— Il n'y a pas grand-chose qui effraie ces chiens, reprit Arthur. Je ne sais pas ce que c'est, mais ça leur fait vraiment peur.

Les chiens se mirent à hurler.

Nicole se blottit contre papa.

— Il y a quelque chose de dangereux sur cette colline, ajouta Arthur. Et c'est tout près de nous.

— Je vous avertis, monsieur Blake, dit Arthur. Nous devons retourner en ville.

— Non, protesta mon père. Continuons. J'y tiens.

Les chiens étaient très agités et aboyaient toujours. Arthur secoua la tête :

— Je n'irai pas plus loin. Les chiens non plus.

Papa cria :

— Mush!

Les chiens hurlèrent et se mirent à reculer.

— Mush! cria-t-il encore.

Au lieu d'avancer, les chiens tentèrent de faire demi-tour dans la neige.

— Vous les énervez encore plus, dit Arthur. Ils n'iront pas plus loin, je vous l'ai dit. Si nous faisons demi-tour maintenant, nous pouvons revenir à la cabane avant qu'il ne fasse nuit.

— Qu'est-ce qu'on va faire, papa? demandai-je.

Papa fronça les sourcils et dit :

— Peut-être qu'Arthur a raison. Quelque chose fait vraiment peur aux chiens. Il y a peut-être un ours ou quelque chose du genre près d'ici.

— Ce n'est pas un ours, monsieur Blake, j'en suis sûr, intervint Arthur. Ces chiens sont terrifiés. Et moi aussi.

Il partit d'un pas décidé en direction de la cabane.

— Arthur! cria mon père. Revenez!

Arthur ne se retourna même pas. Il continua à marcher sans rien dire.

Il doit vraiment avoir peur, me dis-je avec un frisson d'inquiétude.

Les chiens, qui aboyaient toujours, firent demi-tour avec le traîneau et suivirent Arthur.

Papa scruta les arbres.

— Je voudrais bien savoir ce qu'il y a là-bas, dit-il.

— Allons vérifier, dis-je. Peu importe ce que c'est, ça fera sûrement de bonnes photos.

Cet argument convainquait généralement mon père. Il jeta un coup d'œil à Arthur et aux chiens qui s'éloignaient avec le traîneau.

— Non, me dit-il. C'est trop dangereux. Nous n'avons pas le choix. Partons, les enfants.

Nous revînmes péniblement à la cabane.

— Peut-être que je pourrai convaincre Arthur de continuer demain, marmonna papa.

Je ne dis rien. Mais j'avais le sentiment qu'il ne serait pas très facile de convaincre Arthur d'escalader cette colline.

Peut-être qu'Arthur a raison, me dis-je. *Les chiens étaient effrayés. Ils me donnaient la chair de poule.*

Arthur était en train de détacher les chiens quand nous approchâmes de la cabane. Les chiens semblaient beaucoup plus calmes.

Je me débarrassai vite de mon sac à dos et m'écroulai sur mon sac de couchage.

— Nons ferions aussi bien de souper, grommela papa qui semblait de mauvaise humeur. Jordan, va donc chercher du bois avec Nicole. Mais soyez prudents!

— Oui, papa, promit Nicole.

Je me levai et me dirigeai vers la porte.

— Jordan! dit papa. Prends ton sac à dos. Je ne veux pas que tu ailles où que ce soit sans l'avoir avec toi. C'est compris?

— On va juste chercher du bois, protestai-je. Je suis fatigué de le traîner et on sort seulement quelques minutes. De toute façon, Nicole a le sien.

— Ne discute pas, dit papa d'un ton sec. Si tu te perds, cette nourriture te gardera en vie jusqu'à ce que nous te retrouvions. Quand tu sors de la cabane, tu apportes ton sac. Est-ce que c'est clair?

Oh là là! Il était vraiment de mauvais poil.

— C'est très clair, répondis-je en enfilant les courroies de mon sac à dos.

Nicole et moi marchâmes jusqu'aux arbres les plus proches. Ils longeaient une petite crête qui se trouvait à un peu moins d'un kilomètre. Nous escaladâmes la crête. Je parvins au sommet le premier.

— Nicole! Regarde!

De l'autre côté de la crête, j'aperçus un petit ruisseau gelé. C'était le premier cours d'eau que je voyais depuis notre départ.

Nicole et moi dévalâmes la pente et nous approchâmes du ruisseau. Je testai la solidité de la glace du bout du pied.

— Ne marche pas dessus, Jordan! s'écria ma sœur. Tu pourrais t'enfoncer!

Je tapotai la glace avec ma botte.

— C'est solide, lui dis-je.

— Tout de même, ne prends pas de risque, répliqua-t-elle. Papa te tuerait si tu avais un autre accident.

— Je me demande s'il y a des poissons qui nagent là-dessous, dis-je en observant la glace.

— On devrait en parler à papa, dit Nicole. Il voudra peut-être prendre des photos.

Nous nous éloignâmes du ruisseau pour ramasser des branches sous les arbres. Nous retraversâmes la crête et les transportâmes jusqu'à la cabane.

— Merci, les enfants, dit papa à notre retour. Que diriez-vous de manger des crêpes pour souper? ajouta-t-il en nous débarrassant du bois mort pour allumer du feu dans le poêle.

Il a l'air de meilleure humeur, me dis-je, soulagé.

Nicole décrivit à papa le ruisseau gelé.

— C'est intéressant, dit-il. J'irai y jeter un coup d'œil après le souper. Il faut bien que je trouve *quelque chose* à photographier à part toute cette neige et cette glace.

Les crêpes eurent comme effet de réconforter tout le monde, sauf Arthur.

Il mangea beaucoup, mais ne dit pas grand-chose. Il semblait nerveux. Il échappa même sa fourchette sur le sol. Marmonnant dans sa barbe, il la ramassa et se remit à manger sans l'essuyer.

Après le repas, Nicole et moi aidâmes papa à tout ranger.

Nous étions en train de rassembler les provisions quand les chiens se mirent à aboyer.

Je vis Arthur se figer.

— Qu'est-ce qu'il y a? m'écriai-je. Qu'est-ce qui dérange les chiens?

13

Les chiens glapissaient et aboyaient. Y avait-il quelqu'un dehors? Un animal? Un monstre?

— Je vais aller voir ce qui se passe, dit Arthur d'un air solennel.

Il enfila son blouson et sa tuque, et sortit de la cabane.

Papa saisit son manteau.

— Restez ici, nous dit-il avant de suivre Arthur.

Nicole et moi nous regardâmes, écoutant les glapissements des chiens. Quelques secondes plus tard, les aboiements cessèrent.

Papa passa la tête par la porte :

— Il n'y a rien. Nous ne savons pas ce qui les a énervés. Mais Arthur est en train de les calmer. Allez vous coucher, tous les deux, ajouta-t-il en attrapant son appareil photo. Je vais aller voir ce ruisseau. Je ne serai pas parti longtemps.

Il passa la bandoulière de l'appareil autour du collet de fourrure de son manteau. La porte de la cabane claqua derrière lui.

Nous entendîmes ses pas qui crissaient sur la neige, puis le silence revint. Nous nous glissâmes dans nos sacs de couchage.

Je me tournai sur le côté, tentant de trouver une position confortable. Il était plus de 8 h, mais il faisait encore clair à l'extérieur. Le soleil entrait par la fenêtre de la cabane.

Ça me rappelait quand nous étions petits. Maman voulait que nous fassions une sieste l'après-midi. Je n'ai jamais pu dormir pendant la journée.

Je fermai les yeux. Je les rouvris. Je n'arrivais pas à m'endormir.

Je tournai la tête et jetai un coup d'œil à Nicole. Elle était étendue sur le dos, les yeux ouverts.

— Je ne peux pas dormir, lui dis-je.

— Moi non plus, répliqua-t-elle.

Je me tortillai dans mon sac de couchage.

— Où est Arthur? demanda Nicole. Ça lui prend du temps, non?

— Je suppose qu'il est avec ses chiens. Je pense qu'il les aime plus que nous.

— J'en suis certaine, répondit Nicole.

Je me tournai et me retournai encore un moment dans mon sac de couchage. Le ciel était toujours clair et la lumière s'infiltrait par la fenêtre.

— J'abandonne, grognai-je. Allons dehors faire un bonhomme de neige ou autre chose.

— Papa a dit de ne pas bouger, lui rappela Nicole.

— On n'ira nulle part, lui dis-je. On va rester près de la cabane.

Je rampai hors de mon sac de couchage et commençai à m'habiller. Nicole s'assit.

— On ne devrait pas sortir, dit-elle.

— Allons donc! Qu'est-ce qui pourrait arriver?

Elle se leva et enfila son chandail.

— C'est vrai que si je ne fais rien, je vais devenir folle, finit-elle par admettre.

Nous nous emmitouflâmes dans nos manteaux et j'ouvris la porte.

— Jordan! Attends! cria Nicole. Tu oublies ton sac!

— On va juste à côté de la cabane, protestai-je.

— Prends-le. Tu sais ce que papa a dit. Il serait furieux s'il nous trouvait dehors, et il le serait encore plus si tu n'avais pas ton sac à dos.

— Bon, d'accord, grommelai-je en mettant le sac sur mes épaules. Comme si quelque chose pouvait nous arriver...

Nous sortîmes dans l'air froid. Je donnai un coup de pied dans la neige.

— Écoute! chuchota Nicole en me saisissant la manche.

On entendait des crissements de pas.

— C'est Arthur, lui dis-je.

Nous nous faufilâmes derrière la cabane. C'était bien Arthur.

Il était accroupi derrière le traîneau, en train d'attacher un des chiens. Deux autres étaient déjà attelés au traîneau.

— Arthur! criai-je. Qu'est-ce que vous faites?

Surpris, il se tourna vers nous sans répondre. Il se contenta de sauter à l'arrière du traîneau tout en criant de toute la force de ses poumons :

— Mush!

Les chiens bondirent en avant en tirant de toutes leurs forces. Le traîneau se mit à glisser sur la neige.

— Arthur! Où allez-vous? hurlai-je. Revenez!

Le traîneau prenait de la vitesse.

— Arthur! Arthur!

Nicole et moi nous lançâmes à sa poursuite en criant.

Mais le traîneau s'éloignait de plus en plus rapidement.

Arthur ne se retourna pas une seule fois.

Nicole et moi courûmes derrière le traîneau, qui devenait de plus en plus petit à l'horizon.

— Arthur! Revenez!

— Il a notre nourriture! criai-je.

Nous ne pouvions pas le laisser partir. Nous courûmes aussi vite que nous le permettaient nos bottes qui s'enfonçaient dans la neige. Devant nous, le traîneau s'apprêtait à franchir une haute crête enneigée.

— S'il vous plaît, arrêtez! cria Nicole.

— On ne peut pas courir aussi vite que les chiens, dis-je, hors d'haleine.

— Il faut qu'on continue, dit Nicole, affolée. On ne peut pas le laisser nous abandonner!

Le traîneau disparut alors de l'autre côté de la crête. Nous nous hissâmes jusqu'au sommet. La neige glissait sous nos pieds. Une fois en haut, nous vîmes qu'Arthur et les chiens étaient déjà loin. Ils disparurent dans la toundra sous nos yeux horrifiés.

Épuisé, je m'écroulai dans la neige.

— Ils sont partis, dis-je d'une voix étranglée.

— Jordan, relève-toi, supplia Nicole.

— On ne peut pas les rattraper, dis-je en gémissant.

— Où sommes-nous? dit ma sœur d'une petite voix.

Je me relevai et regardai autour de moi. De la neige, de la neige, rien que de la neige. Aucun point de repère. Aucune trace de la cabane.

Des nuages cachaient le soleil. Le vent s'était levé et il commençait à neiger.

Je n'avais aucune idée de l'endroit où nous étions.

— Où est la cabane? demandai-je d'une voix stridente. De quelle direction sommes-nous venus?

Nous scrutâmes l'horizon à travers le rideau de neige qui tombait. Je ne voyais pas la cabane.

Nicole me tira le bras :

— Elle est par là! Allons-y!

La neige tombait de plus en plus fort et me piquait les yeux.

— Non! criai-je pour couvrir le vent. C'est de l'autre côté! Ce n'est pas de là qu'on est venus.

— Regarde! cria Nicole en montrant des traces du doigt. Ce sont nos traces. On n'a qu'à les suivre jusqu'à la cabane.

Nous descendîmes en bas de la crête, suivant les empreintes que nous avions laissées dans la neige. Le vent hurlait et soufflait de plus en plus fort.

Nous suivîmes nos traces pendant un moment. Il était difficile de bien voir dans la tempête. Tout était gris et blanc. L'univers entier était gris et blanc.

Nicole me regarda à travers l'épais rideau de neige.

— Je te vois à peine! cria-t-elle.

Nous nous accroupîmes tous les deux, cherchant à distinguer nos empreintes.

— Elles ont disparu! m'écriai-je.

La neige les avait déjà recouvertes.

Nicole me saisit le bras :

— Jordan, j'ai peur!

Moi aussi, j'avais peur. Mais je ne voulais pas l'avouer à Nicole.

— Nous allons retrouver la cabane, lui dis-je. Ne t'inquiète pas. Je parie que papa est en train de nous chercher.

J'aurais bien voulu y croire. Le vent nous bombardait de neige durcie et gelée. Je plissai les yeux. Je ne voyais que du blanc. Du blanc sur fond blanc. Du blanc sur fond gris.

— Ne me lâche pas! lançai-je à Nicole.

— Quoi?

— Ne me lâche pas! On pourrait se perdre dans la tempête!

Elle me serra le bras encore plus fort pour me signifier qu'elle avait compris.

— J'ai tellement froid! cria-t-elle. Courons!

Nous tentâmes de courir dans la neige, criant et trébuchant dans le vent :

— Papa! Papa!

Je n'avais aucune idée de la direction à prendre, mais je savais que nous devions avancer.

— Regarde! cria Nicole en montrant du doigt quelque chose dans la neige.

Je regardai, mais ne vis rien.

Nicole me tira par le bras :

— Viens!

Nous courûmes à l'aveuglette. Soudain, le sol céda sous nos pieds.

Toujours accroché à Nicole, je sentis que j'étais aspiré sous la neige.

Nous tombâmes dans un trou blanc. La neige tourbillonnait autour de nous. Elle nous enterrait.

Encore une crevasse, me dis-je. *Encore un trou dans la neige. Il est bien plus profond que le premier*.

Nous poussâmes un cri en atterrissant. Nous étions tombés l'un sur l'autre, les membres entremêlés.

— Ôte-toi! lança Nicole. Où sommes-nous? Mais pousse-toi donc!

Étourdi, je me remis debout. Puis je relevai ma sœur en la tirant par les mains.

— Oh non! grogna Nicole.

Nous regardâmes vers le haut de la crevasse. Je pouvais à peine distinguer le gris du ciel, loin au-dessus de nos têtes.

Tout autour de nous s'élevaient des murs de neige. De la neige poudreuse ne cessait de tomber sur nous. Je scrutai l'ouverture de la crevasse. Des blocs de neige se détachèrent des parois glacées et atterrirent sur le sol enneigé à nos pieds avec un *bruit* sourd.

— Nous sommes coincés! gémit Nicole. Papa ne nous trouvera jamais ici. Jamais!

Je la saisis par les épaules. Un bloc de neige se détacha et s'écrasa sur mes bottes.

— Essaie de rester calme, lui dis-je d'une voix tremblante.

— Rester calme? Comment pourrais-je rester calme? me dit-elle d'une voix perçante.

— Papa va nous trouver, dis-je.

Je n'étais pas certain d'y croire. J'avalai ma salive, m'efforçant de contrôler mon sentiment de panique.

— *Papaaaaa!* hurla Nicole à pleins poumons, plaçant ses mains en porte-voix et levant la tête vers le ciel. Paaaapaaaa!

Je plaquai ma mitaine sur sa bouche.

Trop tard. J'entendis un grondement sourd. Le grondement s'intensifia. Les murs de neige se mirent à se fissurer et à s'effriter.

Ils étaient en train de s'écrouler. Sur nous.

J'étais horrifié. Je savais ce qui se passait : Nicole avait déclenché une avalanche.

Des plaques de neige s'abattirent sur nous. J'attrapai Nicole et la poussai contre la paroi. Puis je m'aplatis à mon tour contre le mur.

La neige tombait en grondant.

Je me pressai le plus possible contre la paroi. À ma grande surprise, elle céda!

— Oh! m'exclamai-je, stupéfait.

Nicole et moi tombâmes dans l'ouverture ainsi pratiquée. Nous trébuchâmes dans la noirceur. J'entendis un fracas derrière nous. Le cœur battant, je me retournai juste à temps pour voir la crevasse se remplir de neige. L'ouverture de la paroi était maintenant bouchée.

Nous étions prisonniers. Enfermés dans ce trou noir.

Notre seule issue avait disparu. La crevasse avait disparu.

Nous nous accroupîmes dans le tunnel sombre en tremblant, effrayés et hors d'haleine.

— Où sommes-nous? demanda Nicole d'une voix étranglée. Qu'est-ce qu'on va faire?

— Je ne sais pas.

Je palpai la paroi. Les murs semblaient être faits de roc et non de neige. On aurait dit que nous étions dans une espèce de corridor étroit.

Mes yeux commençaient à s'habituer à la noirceur. Je pouvais distinguer une faible lueur au bout du tunnel.

— Allons voir ce qu'il y a au bout, suggérai-je.

Nous rampâmes dans le tunnel en direction de la lumière. Arrivés au bout, nous nous relevâmes.

Nous étions dans une grande caverne. Le plafond s'élevait bien au-dessus de nos têtes. De l'eau coulait lentement le long d'un des murs. Une faible lueur provenait d'un endroit au fond.

— La lumière doit venir de l'extérieur, dit Nicole. Ça veut dire qu'il y a une sortie.

Nous avançâmes prudemment dans la caverne. Le seul son que j'entendais était le *ploc, ploc, ploc* des glaçons qui fondaient.

Nous serons bientôt hors d'ici, me dis-je.

— Jordan! Regarde! s'exclama Nicole.

Elle me montra une empreinte sur le sol. Une énorme empreinte. Plus grande que celle que j'avais faite dans la neige ce matin-là. On aurait pu y entrer cinq fois ma chaussure.

J'avançai de quelques pas et aperçus une autre empreinte.

Nicole me saisit par le bras :

— Penses-tu que c'est...

Je savais à quoi elle pensait. Nous suivîmes les empreintes géantes à travers la caverne.

Elles nous conduisirent à un coin sombre, à l'arrière.

Je levai les yeux.

— Oh! souffla Nicole.

Nous le vîmes tous deux en même temps.

Le monstre.

L'abominable homme des neiges.

Il se tenait debout, comme un être humain. Il était couvert de fourrure brune. Ses yeux noirs au milieu de son visage affreux, mi-humain, mi-gorille, nous fixaient.

Il n'était pas très grand et me dépassait d'environ une tête. Mais il paraissait énorme. Son corps était trapu et puissant, avec des pieds gigantesques et des mains poilues aussi grosses que des gants de baseball.

— On est p-p-pris au p-p-piège! balbutia Nicole.

Elle avait raison.

Derrière nous, l'entrée était bloquée par l'avalanche. Et il nous était impossible de contourner cet énorme monstre.

Impossible.

L'abominable homme des neiges nous toisa quelques instants.

Puis il se mit à bouger.

17

Mes dents claquaient. Je fermai les yeux en tremblant, attendant que le monstre saute sur nous.

Une seconde s'écoula. Puis une autre.

Rien ne se produisit.

J'ouvris les yeux. L'abominable homme des neiges n'avait pas bougé.

Nicole avança d'un pas.

— Il est gelé! s'écria-t-elle.

Je clignai des yeux dans la pénombre.

— Hein?

C'était vrai. L'abominable homme des neiges était prisonnier d'un immense bloc de glace. Je touchai la glace. Le monstre était debout à l'intérieur, figé comme une statue.

— S'il est gelé, dis-je, qu'est-ce qui a fait ces empreintes géantes?

Nicole se pencha pour examiner les empreintes.

Elle frissonna de nouveau devant leur taille énorme.

— Elles conduisent directement au bloc de glace, déclara-t-elle. L'homme des neiges a dû les faire lui-même.

— Il a peut-être marché jusqu'au fond de la caverne et a été congelé par accident, suggérai-je.

Je tâtai la paroi de la caverne, où de l'eau glacée s'écoulait goutte à goutte.

— Ou peut-être qu'il se repose en s'enfermant dans la glace, ajoutai-je. Comme Dracula qui se couche dans un cercueil à l'aube.

Je reculai. C'était trop effrayant d'être si près du monstre. Mais il demeurait parfaitement immobile sous l'épaisse couche de glace.

Nicole se pencha pour l'observer.

— Regarde ses mains! Ou plutôt ses pattes.

Comme le reste de son corps, ses mains étaient couvertes de fourrure brune. Ses doigts épais, comme ceux d'un homme, se terminaient par des griffes longues et pointues.

Un frisson d'horreur me parcourut l'échine à la vue de ces griffes. À quoi lui servaient-elles? À déchiqueter les animaux sauvages? À mettre en lambeaux les hommes qui croisaient sa route?

Il avait des jambes puissantes, et ses orteils étaient pourvus de courtes griffes. J'examinai son visage. Sa tête était entièrement couverte de fourrure, à l'exception d'un cercle dénudé autour des yeux, du nez et de la bouche. Sa peau était d'un rose rougeâtre. Ses lèvres épaisses et blanches étaient figées dans une grimace cruelle.

— Il ne fait aucun doute qu'il s'agit d'un mammifère, déclara Nicole. Sa fourrure est un signe indéniable.

— Ce n'est pas le temps de faire de la biologie, Nicole, dis-je en levant les yeux au ciel. Attends que papa voie ça. Il va être emballé! S'il le photographie, il sera célèbre!

— Ouais, soupira Nicole. Si nous pouvons trouver papa. Et il faut d'abord sortir d'ici.

— Il doit y avoir une issue, dis-je.

Je m'approchai d'une paroi et la palpai, à la recherche d'un trou, d'une aspérité, de n'importe quoi.

Après quelques minutes, je trouvai une minuscule fissure.

— Nicole! criai-je. J'ai trouvé quelque chose!

Elle accourut à mes côtés. Je lui montrai la fissure. Elle fronça les sourcils, déçue.

— Ce n'est qu'une fissure.

— On ne sait jamais, protestai-je. Il y a peut-être une porte secrète. Ou un passage caché. Quelque chose!

— Je suppose que ça vaut la peine d'essayer, dit-elle en soupirant.

Nous appuyâmes sur la fissure. Nous y enfonçâmes nos doigts. Nous lui donnâmes des coups de pied. Je tentai même quelques passes de karaté. Rien n'y fit.

— Je suis désolée de te décevoir, Jordan, mais j'avais raison. Comme d'habitude. Tout ce que tu as trouvé, c'est une fissure dans la paroi.

— Eh bien, continue donc de chercher! dis-je d'un ton hargneux. Il faut qu'on sorte d'ici.

Je poursuivis mes recherches. Je fis glisser mes mains le long du mur, tournant le dos au monstre.

Soudain, j'entendis un bruit. Un craquement retentissant.

— Nicole! As-tu trouvé quelque chose?

Je me retournai. Ce n'était pas Nicole qui avait fait le bruit. Elle regardait le monstre, horrifiée.

— Quoi? lançai-je. Qu'est-ce qui se passe?

J'entendis un autre *craquement*.

— La glace est en train de se fendre! hurla Nicole. Le monstre va se libérer!

CRAC!

Le bloc de glace se fendit en deux. Nicole et moi étions pressés contre la paroi, muets d'horreur.

L'abominable homme des neiges surgit de sa prison gelée. Des morceaux de glace s'écrasèrent sur le sol en se brisant en mille morceaux, comme du verre. Le monstre se secoua en grondant comme un loup.

— Cours! hurlai-je.

Nous nous mîmes à courir, mais nous ne savions où aller. Nous nous précipitâmes de l'autre côté de la caverne, le plus loin possible du monstre.

— Le tunnel! m'écriai-je en me baissant pour entrer en rampant dans l'étroit corridor.

Nicole me retint.

— Il est bloqué par l'avalanche, tu te souviens?

Oui. Bien sûr. La sortie était bloquée par des tonnes de neige.

De l'autre côté de la caverne, le monstre poussa un rugissement féroce qui fit trembler les murs.

Nicole et moi nous blottîmes dans un coin. Je la sentais qui tremblait tout contre moi.

— Il ne nous a peut-être pas vus, chuchotai-je.

— Alors, pourquoi rugit-il? chuchota Nicole.

Le monstre renifla l'air ambiant, remuant son nez de gorille.

Oh non! me dis-je. *Est-ce qu'il peut nous sentir de là-bas?*

Il tourna son énorme tête hirsute d'un côté, puis de l'autre.

Il nous cherche! songeai-je. *Il nous a sentis.*

— *Oumf!* grogna-t-il en regardant dans notre direction.

— Oh non! gémit Nicole. Il nous a vus!

L'énorme bête s'avança lourdement vers nous en poussant un grognement à chaque pas. Je me collai le plus possible à la paroi, souhaitant être englouti par la caverne. Tout valait mieux que d'être englouti par ce monstre!

Il avançait toujours vers nous. Ses pas faisaient trembler le sol. *Boum, boum, boum!*

Nous blottissant l'un contre l'autre par terre, nous tentâmes de nous faire tout petits.

Il s'arrêta à quelques centimètres de nous et poussa un rugissement. Un rugissement assourdissant.

— Regarde ses dents! cria Nicole.

Je les voyais très bien. Deux rangées d'énormes dents acérées. Le monstre grogna et se pencha vers nous. Ses griffes pointues luisaient dans l'obscurité. Il avança la main pour m'attraper, mais je parvins à m'esquiver. Le monstre poussa un grondement furieux. Il étendit de nouveau le bras…

Et sa patte puissante s'abattit sur la tête de Nicole.

— Au secours! hurla-t-elle. Il m'écrase!

— Lâche-la! criai-je.

Mais je savais que j'étais impuissant.

L'abominable homme des neiges grogna et fit pivoter Nicole. Puis il tendit la main derrière elle et saisit son sac à dos. Il l'arracha de ses épaules d'un coup sec.

— Hé! criai-je, horrifié.

Il déchira le sac d'un coup de griffe. Il plongea la main à l'intérieur et en sortit quelque chose.

Un sac. Un sac de fruits séchés et de noix.

Nicole et moi le regardâmes avec stupéfaction pendant qu'il vidait le sac dans sa gueule.

— C'est bizarre… dis-je d'une voix étranglée. Il aime les fruits et les noix.

Le monstre chiffonna le sac vide et se remit à fouiller dans le sac à dos de Nicole.

— Il n'y en a pas d'autre, me dit Nicole à voix basse.

Avec un grondement furieux, le monstre jeta le sac à dos par terre.

— Qu'est-ce qu'il va faire? chuchota Nicole.

Je plongeai une main tremblante dans mon propre sac à dos et en sortis un sac de mélange montagnard. Je le lançai au monstre.

Le sac glissa sur le sol et s'arrêta à ses pieds. Il se pencha, le ramassa, le déchira et avala goulûment le contenu.

Voyant qu'il avait terminé, je lui lançai mon sac à dos. Il vida le contenu sur le sol en grognant. Plus de mélange montagnard.

Oh, oh!

Il s'étira et poussa un rugissement. Puis il se pencha et, de ses deux énormes bras, nous souleva jusqu'à son visage. Jusqu'à sa gueule.

Pour nous manger.

Je me débattis, mais il était trop fort. Je lui martelai la poitrine de coups de poing. Je lui assenai des coups de pied. Il ne semblait rien sentir.

Il nous tenait comme si nous étions deux poupées.

— Ne nous mange pas! suppliai-je.

Le monstre grogna. Il nous cala fermement au creux de ses bras repliés, puis s'avança en chancelant dans la caverne.

Je lui donnai un coup de pied dans les flancs. Aucune réaction.

— Laisse-nous partir! criai-je. Remets-nous par terre!

— Où est-ce qu'il nous emmène? cria Nicole, ballottée d'un côté et de l'autre.

Peut-être qu'il veut nous faire cuire, me dis-je désespéré. *Peut-être qu'il n'aime pas les enfants crus.*

Il nous transporta au fond de la caverne. Du revers de sa puissante patte, il fit rouler un rocher qui révéla un passage étroit.

Nicole gémit :

— Pourquoi n'a-t-on pas vu ça plus tôt? On aurait pu s'enfuir!

— Il est trop tard, maintenant, grognai-je.

L'homme des neiges nous tira à l'intérieur du passage. Ce dernier débouchait sur une caverne plus petite, inondée de lumière. Je levai les yeux. J'aperçus le ciel gris au-dessus de nous! Une sortie!

Nous tenant d'un seul bras, le monstre escalada la paroi. Il grimpa jusqu'au bord du trou.

L'air froid me fouetta le visage. Mais le corps du monstre dégageait une incroyable chaleur.

La tempête avait cessé. De la neige fraîche recouvrait la toundra. Le monstre se mit à marcher d'un pas lourd en grognant. Ses pieds énormes s'enfonçaient dans la neige, mais il couvrait une grande distance à chacun de ses pas gigantesques.

Où nous emmenait-il?

Peut-être qu'il a une autre caverne, me dis-je en frissonnant. *Une caverne remplie d'autres monstres. Ses amis. Ils vont nous dévorer tous ensemble.*

Je fis un autre effort pour me libérer de l'emprise du monstre. Je lui donnai des coups de pied et me tortillai violemment. Le monstre poussa un grognement et m'enfonça ses griffes dans les côtes.

— Aïe! criai-je.

Je cessai de me débattre. Au moindre mouvement, ses griffes s'enfonçaient davantage.

Pauvre papa, pensai-je avec tristesse. *Il ne saura jamais ce qui nous est arrivé. À moins qu'il ne trouve nos os enterrés dans la neige.*

Tout à coup, j'entendis des aboiements. C'était un chien!

L'abominable homme des neiges s'immobilisa. Il grogna et renifla. Puis il nous déposa tout doucement sur le sol.

Nicole me regarda d'un air stupéfait. Nous restâmes plantés là quelques instants, les jambes flageolantes, avant de nous mettre à courir en trébuchant dans la neige profonde. Je jetai un regard derrière moi.

— Est-ce qu'il nous poursuit? demanda Nicole.

Je ne savais pas. Je ne le voyais plus. Je ne voyais que du blanc.

— Continue à courir! criai-je.

Puis j'aperçus une forme familière au loin. Une tache brune.

Je donnai un coup de coude à Nicole :

— La cabane!

Nous courûmes encore plus vite. Si seulement nous pouvions atteindre la cabane...

Des aboiements furieux s'élevaient près de la cabane. C'était le chien qu'Arthur avait laissé. Nous nous précipitâmes à l'intérieur en criant :

— Papa! Papa! On l'a trouvé! L'abominable homme des neiges! Papa?

La cabane était vide.

Papa était parti.

Je fouillai la cabane des yeux.

— Papa? Papa?

Mon cœur battait la chamade. J'avais la gorge sèche.

Où était-il passé? Était-il parti nous chercher? S'était-il perdu dans la neige?

— On est tout seuls, murmurai-je.

Nous courûmes à la fenêtre. Une fine couche de neige couvrait la vitre. Dehors, le soleil brillait. Aucune trace de mon père.

— Au moins, l'homme des neiges ne nous a pas suivis, dis-je.

— Jordan, pourquoi penses-tu qu'il nous a remis par terre? demanda Nicole d'une petite voix.

— Je crois que le chien lui a fait peur, tout simplement, répondis-je.

Si le chien n'avait pas aboyé, qu'est-ce que le monstre nous aurait fait? J'entendis soudain le chien se remettre à aboyer. Nous retînmes notre souffle.

— L'homme des neiges! m'écriai-je. Il est revenu! Vite, cachons-nous!

Nous regardâmes autour de nous pour trouver une cachette. La cabane était tellement vide que le monstre pourrait nous trouver en un rien de temps.

— Derrière le poêle! lança Nicole.

Nous nous précipitâmes vers le petit poêle carré et nous accroupîmes derrière. À l'extérieur, les pas lourds du monstre se rapprochaient.

Crounch, crounch, crounch. Des pas dans la neige.

Nicole me prit la main. Nous attendîmes, immobiles, aux aguets.

Crounch, crounch.

S'il te plaît, n'entre pas dans la cabane, priai-je silencieusement. *Ne viens pas nous reprendre!*

Les pas s'arrêtèrent devant la porte. Je fermai les yeux en serrant les paupières.

La porte s'ouvrit violemment. Un courant d'air froid s'engouffra dans la pièce.

— Jordan? Nicole?

C'était la voix de papa!

Nous sortîmes de notre cachette. Papa était là, son appareil photo autour du cou. Nous nous jetâmes dans ses bras.

— Oh papa! Je suis si content que ce soit toi! dis-je.

— Bonsoir! Qu'est-ce qui se passe, les enfants? Je croyais que vous étiez couchés. Où est Arthur? ajouta-t-il en balayant la cabane des yeux.

— Il s'est enfui! criai-je d'une voix haletante. Il est parti avec le traîneau, la nourriture et trois chiens.

— On a couru pour le retenir, mais il s'est sauvé, ajouta Nicole.

Le visage de papa s'emplit de surprise, puis d'horreur.

— Je ferais mieux de demander de l'aide par radio, dit-il en se dirigeant vers son émetteur. Nous ne tiendrons pas le coup longtemps sans nourriture.

— Papa, écoute, dis-je en lui bloquant le passage. On a trouvé l'abominable homme des neiges.

— Ce n'est vraiment pas le moment de faire des blagues, Jordan, dit-il en tentant de me contourner. Si nous ne recevons pas d'aide, nous risquons de mourir de faim!

— Jordan ne blague pas, insista Nicole en le tirant par le bras. On a vraiment vu le monstre des neiges. Il vit dans une caverne sous la neige.

Papa s'arrêta et regarda Nicole. D'habitude, il la croyait. Mais cette fois, il avait des doutes.

— C'est vrai! criai-je. Viens, on va te montrer.

Nous le tirâmes jusqu'à la porte.

— Jordan, s'il s'agit d'un de tes tours, tu vas le regretter, avertit-il. Notre situation est grave et...

— Papa, il est sérieux! cria Nicole d'un ton impatient. Viens donc!

Nous le conduisîmes jusqu'à l'endroit où le monstre nous avait déposés. On voyait encore ses énormes traces de pas.

— Pourquoi vous croirais-je? dit papa. Tu as fabriqué de fausses empreintes ce matin, Jordan. Celles-ci sont juste un peu plus grosses.

— Papa, je te le jure! Je n'ai pas fait ces empreintes!

— On va te montrer la caverne, intervint Nicole. Suivons les empreintes. Tu vas voir. C'est incroyable!

Papa accepta de nous suivre. Je savais que c'était seulement parce qu'il faisait confiance à Nicole. Elle ne lui avait jamais joué de tour.

Penchés en avant pour contrer le vent, nous suivîmes les traces du monstre dans la neige. Papa ne put résister et prit quelques photos, au cas où.

Les empreintes nous menèrent à la caverne. Elles s'arrêtaient au bord du trou.

— La caverne est en bas, dis-je à papa.

Il avait l'air de nous croire, maintenant.

— Allons-y, dit-il. Descendons voir.

— Quoi? m'écriai-je. Tu veux que je retourne là-dedans? Avec le monstre?

Papa était déjà en train de glisser le long de la paroi. Il étendit le bras pour aider Nicole à descendre.

J'hésitai :

— Papa, attends. Tu ne comprends pas. Il y a un monstre en bas!

— Viens, Jordan, insista papa. Je veux le voir de mes propres yeux.

Je n'avais pas le choix. Papa était déterminé à entrer dans la caverne, quoi que je dise. Et je ne voulais pas attendre dehors tout seul. Je descendis à mon tour.

Nous avançâmes à tâtons le long du passage étroit jusqu'à l'entrée de la grande caverne.

Pressés l'un contre l'autre, papa et Nicole pénétrèrent à l'intérieur. Je m'immobilisai à l'entrée et balayai la caverne du regard.

— Viens, Jordan, chuchota papa.

Il y a un monstre là-dedans, me dis-je en frissonnant. *Un gros monstre avec de longues griffes et des dents pointues. Nous avons réussi à lui échapper la première fois. Pourquoi a-t-il fallu qu'on revienne? Qu'est-ce qui va nous arriver, cette fois?*

J'avais un mauvais pressentiment. Un très mauvais pressentiment.

Papa me saisit par la main et m'attira dans la caverne. J'entendais le bruit de l'eau qui coulait le long du mur au fond. Je clignai des yeux dans l'obscurité.

Où était-il? Où était l'abominable homme des neiges?

J'entendis le déclic de l'appareil photo de papa.

Je me rapprochai de lui.

Je poussai un cri en apercevant le monstre. Je m'attendais à ce qu'il s'avance vers nous en grognant.

Mais il était immobile, les yeux fixés devant lui.

Il était encore gelé. Coincé dans un immense bloc de glace.

Nicole s'approcha de lui.

— Mais comment fait-il ça? demanda-t-elle.

— Extraordinaire! s'écria papa en prenant une succession de clichés. Incroyable!

J'examinai le visage du monstre. Il nous regardait fixement à travers la couche de glace. Ses yeux noirs luisaient et sa bouche était figée dans une grimace qui laissait voir ses dents.

— Ça, c'est la plus grande découverte de l'histoire! s'exclama mon père. Réalisez-vous à quel point nous allons être célèbres?

Il cessa de prendre des photos pendant une seconde et se pencha pour observer le monstre à fourrure brune.

— Pourquoi nous contenter de prendre des photos? murmura-t-il. Pourquoi ne pas ramener le monstre en Californie avec nous? Imaginez comme il ferait sensation!

— Mais... comment? dit Nicole.

— Il est vivant, tu sais, dis-je. Il peut faire craquer le bloc de glace et sortir. Et quand il fait ça, c'est vraiment effrayant. Je ne pense pas que tu pourrais le contrôler.

Papa cogna doucement sur la glace pour tester sa solidité.

— Nous ne le laisserons pas sortir de la glace, dit-il. Du moins, pas avant que nous puissions le contrôler.

Papa fit lentement le tour du bloc de glace en se frottant le menton.

— Si nous taillons un peu le bloc de glace, il pourrait entrer dans la malle. Nous pourrions le ramener en Californie dans son enveloppe de glace. Comme la malle est hermétique, la glace ne fondra pas.

Il s'approcha du monstre et prit encore quelques photos de son visage grimaçant.

— Allons chercher la malle, les enfants.

— Attends, dis-je, inquiet. Tu ne comprends pas. Il pourrait nous prendre d'assaut. Il nous a laissés partir la première fois. Pourquoi prendre un autre risque?

— Regarde ses dents, papa, insista Nicole. Il est tellement fort qu'il nous a soulevés tous les deux d'un seul bras!

— Ça vaut la peine de courir le risque, déclara papa. Il ne vous a fait aucun mal, n'est-ce pas?

— Non, mais...

— Allons-y, dit papa.

Il avait pris sa décision. Il ne voulait pas écouter nos avertissements.

Je ne l'avais jamais vu aussi excité. Alors que nous sortions de la caverne, il lança à l'homme des neiges :

— Ne t'en va pas. Nous revenons tout de suite!

Nous nous dirigeâmes en toute hâte vers la cabane. Papa sortit la malle à l'extérieur. Elle mesurait environ deux mètres de long sur un mètre de large.

— C'est assez grand pour lui, dit mon père. Mais ce sera très lourd.

— On aurait besoin d'un traîneau pour le tirer, dit Nicole.

— Arthur est parti avec le traîneau, leur rappelai-je. Alors, on doit oublier ça. Il faudra qu'on revienne à la maison sans ramener l'homme des neiges. Tant pis!

— Il y a peut-être un vieux traîneau quelque part, dit papa. C'est une ancienne cabane de meneurs de chiens, après tout.

Je me rappelai le vieux traîneau que j'avais aperçu dans l'appentis des chiens. Nicole l'avait vu, elle aussi. Elle en informa papa.

— C'est super! s'exclama-t-il. Maintenant, il ne nous reste plus qu'à aller chercher cet homme des neiges avant qu'il ne s'échappe.

Nous attachâmes Lars, notre unique chien, au vieux traîneau. Il tira la malle jusqu'à la caverne.

Nous nous glissâmes silencieusement à l'intérieur en tirant la malle derrière nous.

— Attention, papa, dis-je. Il a peut-être brisé son bloc de glace.

Mais l'abominable homme des neiges était toujours à l'endroit où nous l'avions laissé, figé dans son bloc de glace. Papa se mit à tailler la glace à l'aide d'une scie à métaux.

— Dépêche-toi! chuchotai-je en marchant nerveusement de long en large. Il pourrait se libérer d'un moment à l'autre.

— Ce n'est pas facile, dit mon père d'un ton sec. Je vais aussi vite que je le peux.

Chaque seconde me semblait durer une heure. J'observai attentivement l'homme des neiges pour repérer tout signe de mouvement.

— Papa, es-tu obligé de faire autant de bruit? gémis-je. Il pourrait se réveiller!

— Détends-toi, Jordan, dit papa d'une voix stridente.

Il était tendu, lui aussi.

Soudain, j'entendis un craquement.

— Attention! criai-je. Il va sortir!

— C'est *moi* qui ai fait craquer légèrement la glace, dit papa en se relevant.

J'examinai le monstre. Il n'avait pas bougé.

— Bon, nous sommes prêts, dit papa. Aidez-moi à le mettre dans la malle.

Le bloc de glace était maintenant devenu un rectangle plus étroit.

J'ouvris le couvercle. Avec notre aide, papa fit basculer le bloc et le fit entrer dans la malle. Il y avait juste assez d'espace pour le contenir.

Nous fîmes glisser la malle sur le sol jusqu'à l'entrée de la caverne. Papa attacha une corde autour de la malle et escalada la paroi. Une fois parvenu en haut, il nous cria :

— Je vais attacher la corde au traîneau! Comme ça, Lars pourra m'aider à tirer.

— Hé! chuchotai-je à Nicole. On devrait mettre quelques boules de neige dans la malle. Comme ça, on pourra les lancer à Kevin et Kara en arrivant. De la neige provenant de la caverne de l'abominable homme des neiges! Ils ne pourront jamais égaler ça!

— Non, s'il te plaît! N'ouvre pas la malle, supplia Nicole. On a réussi à y faire entrer l'homme des neiges de peine et de misère.

— Il y a encore de la place pour deux ou trois boules, insistai-je avant de façonner quelques boules de neige bien tassée.

J'entrebâillai le couvercle et les glissai à l'intérieur, tout contre le bloc de glace. Je vérifiai une dernière fois que le monstre n'avait pas bougé. La glace était solide. Tout allait bien.

— La neige ne fondra pas là-dedans, dis-je en refermant le couvercle hermétique.

Nous fîmes glisser le verrou et serrâmes bien la corde. J'étais certain que l'homme des neiges ne parviendrait pas à sortir de là, même s'il réussissait à briser son armure de glace.

— Êtes-vous prêts? cria papa du haut de la crevasse. Un, deux, trois... *Ho! Hisse!*

Papa et Lars tirèrent sur la corde jusqu'à ce que la malle se soulève de terre. Nicole et moi nous accroupîmes dessous pour les aider en poussant.

— Encore! cria papa. *Ho! Hisse!*

Nous poussâmes de toutes nos forces.

— C'est tellement lourd, se plaignit Nicole.

—Allez, les enfants! lança papa. Poussez!

Après une dernière poussée, papa et Lars réussirent à faire passer la malle par-dessus le bord du trou.

Papa s'écroula dans la neige.

— *Ouf!* souffla-t-il en s'essuyant le front. Le pire est fait!

Il nous aida à sortir du trou. Nous nous reposâmes quelques minutes avant d'installer la malle sur le traîneau. Papa l'attacha avec la corde, puis Lars tira le traîneau jusqu'à la cabane.

Une fois à l'intérieur, papa nous serra dans ses bras.

— Quelle journée extraordinaire!

Il se tourna vers moi :

— Tu vois, Jordan? Rien ne nous est arrivé.

— On a eu de la chance, répliquai-je.

— Je suis tellement fatiguée, dit Nicole en s'étendant sur son sac de couchage.

Je jetai un coup d'œil par la fenêtre. Le soleil était haut dans le ciel, comme d'habitude. Mais je savais qu'il devait être très tard.

Papa consulta sa montre :

— Il est presque minuit. Vous devriez dormir un peu. Mais je ne voudrais pas qu'on se réveille sans nourriture demain matin. Je vais envoyer un message radio. Vous pourrez dormir quand nous serons en ville.

— Est-ce qu'on pourra aller dans un hôtel? lui demandai-je. Dormir dans un lit?

— Si on en trouve un, promit-il.

Il ouvrit son sac et fouilla pour trouver son émetteur radio. Il sortit quelques objets : une boussole, un appareil photo, des rouleaux de pellicule, une paire de chaussettes roulées en boule.

Son expression ne me disait rien de bon. Il retourna le sac à l'envers et en fit tomber tout le contenu sur le plancher. Il se mit à chercher frénétiquement.

— Papa? Qu'est-ce qu'il y a?

Il se tourna vers moi, l'air terrifié :

— L'émetteur radio! Il n'est plus là!

Nicole et moi nous écriâmes en chœur :

— Non!

— Je n'arrive pas à y croire! cria papa en frappant du poing sur le sac vide. Arthur a dû prendre la radio pour nous empêcher de le dénoncer.

Furieux et effrayé, j'arpentai la pièce d'un pas lourd. Arthur avait tout pris : nos chiens, notre traîneau, notre nourriture…

Même la radio.

Est-ce qu'il avait décidé de nous laisser mourir de froid? De faim?

— Calme-toi, Jordan, dit papa.

— Mais papa... l'interrompit Nicole.

— Une seconde, Nicole, lui dit papa. Je dois trouver une solution. Pas de panique, pas de panique, pas de panique, répéta-t-il en fouillant dans tous les coins de la cabane.

— Mais papa... répéta Nicole en le tirant par la manche.

— Nicole! l'interrompis-je d'un ton sec. On est vraiment dans le pétrin. On pourrait mourir!

— Papa, écoute-moi, insista-t-elle. Tu as enveloppé la radio hier pour qu'elle ne gèle pas. Elle est dans ton sac de couchage.

Papa en resta bouche bée.

— Tu as raison! dit-il enfin.

Il se hâta vers son sac de couchage et plongea la main à l'intérieur. Il en sortit la radio, enveloppée dans un foulard de laine.

Il alluma l'appareil et tripota les boutons.

— Iknek, Iknek. Répondez, Iknek!

Il demanda aux gardes de nous envoyer un hélicoptère. Il décrivit du mieux qu'il pouvait l'endroit où nous nous trouvions. Nicole me sourit d'un air endormi.

— On rentre à la maison! dit-elle joyeusement. Chez nous, sous le chaud soleil de Pasadena!

— Je vais embrasser le premier palmier que je verrai, déclarai-je. Je ne veux plus jamais voir de neige.

Je ne me doutais pas que notre aventure arctique était loin d'être terminée!

— Aaaaah! soupirai-je. Tu sens la chaleur du soleil?

— À la radio, on a dit qu'il faisait 38 degrés Celcius, m'informa Nicole.

— Youpi! m'exclamai-je. J'adore ça!

J'appliquai encore un peu de crème solaire sur ma poitrine.

Notre voyage en Alaska me semblait irréel, maintenant que nous étions de retour chez nous.

Le froid, la neige, le vent qui soufflait sur la toundra blanche et glacée. L'abominable homme des neiges grimaçant et couvert de fourrure brune. C'était comme un rêve.

Mais je savais que je n'avais pas rêvé.

Papa avait caché la malle contenant l'homme des neiges dans la chambre noire, au fond du jardin. Chaque fois que je passais devant, je me rappelais notre aventure... Je me remémorais la bête gelée qui y était enfermée. Et je frissonnais.

Nicole et moi étions en maillot de bain, en train de nous faire dorer au soleil dans le jardin.

Vive Pasadena, notre ville ensoleillée où il ne neige jamais, jamais!

Et c'est tant mieux.

Laura arriva et voulut savoir comment s'était passé notre voyage. Je voulais *tout* lui raconter.

Mais papa nous avait dit de rester discrets, du moins jusqu'à ce que l'homme des neiges soit bien en sécurité.

— Vous êtes incroyables! dit Laura. La semaine dernière, vous ne cessiez pas de parler de neige. Et maintenant, vous vous laissez brûler au soleil.

— Nous avons goûté au froid, et maintenant, nous savourons la chaleur, lui dis-je. De toute façon, j'ai assez vu de neige pour le reste de ma vie!

— Racontez-moi votre voyage, insista Laura. Je veux tout savoir!

— C'est un secret, lui dit Nicole en me lançant un regard complice.

— Un secret? Comment ça, un secret? demanda Laura.

Avant que nous puissions lui répondre, papa sortit de la chambre noire. Il cligna des yeux dans le soleil. Il portait un anorak garni de duvet, une tuque et des gants. Il avait mis l'air climatisé à fond dans la chambre noire et avait recouvert la malle de sacs de glace pour garder le monstre au froid.

— Je vais en ville, annonça-t-il en retirant son anorak.

Il devait rencontrer des chercheurs et des spécialistes de la faune qui venaient de Los Angeles. Il ne voulait pas confier l'homme des neiges à n'importe qui. Il voulait s'assurer qu'il serait bien traité.

— Est-ce que ça va aller pendant mon absence? demanda-t-il.

— Bien sûr, répondit Nicole. On a survécu à la toundra de l'Alaska. Je pense qu'on peut survivre à un après-midi dans notre jardin.

— Ma mère est à la maison, dit Laura. On ira la voir si on a besoin de quelque chose.

— Parfait, dit papa. Bon, j'y vais. Mais n'oubliez pas, Jordan et Nicole, ne touchez pas à la malle. Ne vous en approchez même pas. C'est compris?

— Oui, papa, promis-je.

— Je vais ramener une pizza pour le souper, dit-il.

— Bonne chance, papa! lança Nicole.

Il monta dans la voiture et démarra.

— Alors, c'est quoi, votre secret? demanda aussitôt Laura. Qu'est-ce qu'il y a dans cette malle?

Nicole et moi nous regardâmes.

— Allons, dites-le-moi, insista Laura. Je ne vous laisserai pas tranquilles tant que vous ne me l'aurez pas dit.

Je ne pus résister. Il *fallait* que j'en parle à quelqu'un.

— On l'a trouvé! On l'a trouvé et on l'a ramené avec nous.

— Qui ça?

— L'abominable homme des neiges, dit Nicole.

Laura leva les yeux au ciel.

— Ah bon? Et avez-vous aussi ramené la fée des dents?

— Mais oui! blaguai-je.

— On l'a enfermé dans la chambre noire, dit Nicole.

— Qui ça? La fée des dents? demanda Laura, déconcertée.

— Non, l'homme des neiges, répondis-je. Il est vivant. Il est enfermé dans un bloc de glace.

Avec quatre ou cinq boules de neige, ajoutai-je en mon for intérieur.

Des boules de neige que je pourrais lancer à Laura. Pour lui faire une surprise.

— Prouvez-le-moi, dit Laura. Vous avez tout inventé. Vous vous croyez très drôles.

Nicole me regarda. Je savais ce qu'elle pensait. Papa venait juste de nous dire de ne pas nous approcher de la malle.

— Vous êtes aussi pénibles que les jumeaux Miller, gémit Laura.

Elle m'avait convaincu

— Viens, dis-je. Je vais te le montrer.

— On ne devrait pas, Jordan, dit Nicole.

— On ne va rien déranger, promis-je. On va juste ouvrir un peu le couvercle pour que Laura le voie. Ensuite, on va le refermer et rien n'y paraîtra.

Je me levai de ma chaise longue et traversai la pelouse en direction de la chambre noire. Nicole et Laura m'emboîtèrent le pas. Je savais qu'elles me suivraient.

J'ouvris la porte de la chambre noire et allumai. Un courant d'air froid m'enveloppa, chatouillant mon torse nu.

— Jordan, on ne devrait peut-être pas... dit Nicole, qui hésitait sur le pas de la porte.

— Allons, Nicole, railla Laura. Il n'y a pas d'abominable homme des neiges. Vous êtes ridicules.

— Ce n'est pas vrai! protesta Nicole.

— On n'a qu'à le lui montrer, dis-je.

Nicole ne répondit pas. Elle avança dans la pièce et referma la porte. Je grelottai dans mon maillot de bain. J'avais l'impression d'être de retour en Alaska.

Je m'agenouillai près de la malle. Je détachai les loquets. Je soulevai lentement le lourd couvercle.

Je jetai un coup d'œil à l'intérieur... et poussai un horrible hurlement à figer le sang.

Nicole et Laura firent un bond en arrière en poussant un cri terrifié.

Nicole heurta violemment le mur. Laura se cacha sous la table de développement.

Je ne pus garder mon sérieux. Je me mis à rire.

— Je vous ai eues! criai-je avec jubilation, tout fier de moi.

Elles étaient épouvantées. Elles étaient plus figées que l'homme des neiges lui-même, qui était couché dans la malle, toujours gelé dans son bloc de glace.

— Jordan, espèce de crétin! lança Nicole d'un ton furieux en me donnant un coup de poing dans le dos.

Laura me frappa, elle aussi. Puis elle regarda dans la malle.

Et poussa un autre cri.

— Il existe vraiment! s'exclama-t-elle, le souffle coupé. Vous ne faisiez pas de blagues!

— Ne t'inquiète pas, Laura, lui dis-je pour la rassurer. Il ne peut pas te faire de mal. Il est gelé.

Elle s'approcha et l'examina de plus près.

— Il est énorme! lança-t-elle, impressionnée. Ses... ses yeux sont ouverts! Il a l'air méchant!

— Referme le couvercle, Jordan, insista ma sœur. Vite. On l'a assez vu.

— Tu nous crois, maintenant? demandai-je à Laura.

— Oui, dit-elle. C'est... incroyable!

Elle secoua la tête, encore abasourdie par ce qu'elle venait de voir.

Avant de fermer le couvercle, je sortis vite deux boules de neige de la malle. En ricanant, j'en passai discrètement une à Nicole.

— Qu'est-ce qu'il y a de drôle? demanda Laura d'un air soupçonneux.

— Rien, répondis-je en refermant les loquets.

Voilà, il est bien enfermé, me dis-je. *On est en sécurité, maintenant. Papa ne saura jamais qu'on a ouvert la malle.*

Nous quittâmes la chambre noire. Je refermai soigneusement la porte derrière moi.

— Il est extraordinaire! répéta Laura. Qu'est-ce que votre père va en faire?

— Il n'a pas encore décidé, répondit Nicole, les mains derrière le dos pour que Laura ne voie pas la boule de neige.

Elle s'écria soudain :

— Laura! Attrape!

Elle lança la boule de neige à Laura... et manqua son coup.

Pof! La boule s'écrasa sur un arbre.

— Beau lancer! lui dis-je d'un ton sarcastique.

Puis je regardai l'arbre, estomaqué.

La neige ne glissait pas sur le sol. La boule s'était mise à *grossir*!

Une épaisse couche de neige blanche avait commencé à recouvrir le tronc et s'étendait rapidement jusqu'aux branches. En quelques secondes, l'arbre fut entièrement recouvert de neige!

— Oh! souffla Laura. Comment as-tu fait ça?

Nicole et moi regardâmes, abasourdis, l'arbre enneigé. J'étais si étonné que j'en échappai ma propre boule de neige. Je fis un bond de côté en la voyant tomber... et commencer à se répandre sur le sol.

— Hé! criai-je d'une voix stridente.

Je voyais la neige s'étendre sur la pelouse comme une couverture blanche. Elle s'étalait sous nos pieds nus. Sur l'allée. Dans la rue.

— Oh? C'est froid! gémit Nicole en sautillant sur place.

— C'est bizarre! m'exclamai-je. Il fait bien 38 degrés, mais la neige ne fond pas! Et en plus, elle s'étend et épaissit!

Je me retournai et vit Laura qui sautait sur place en tournant sur elle-même.

— De la neige! De la neige! chantonnait-elle. C'est merveilleux! Il neige à Pasadena!

— Jordan, dit Nicole à voix basse. Je n'aime pas ça. On aurait dû laisser cette neige dans la caverne. Elle n'est pas normale.

Elle avait raison, bien sûr. Une caverne où vivait un abominable homme des neiges ne pouvait pas être un endroit normal. Mais comment aurions-nous pu deviner…

— Faisons un bonhomme de neige! s'écria joyeusement Laura.

— Non! dit Nicole. N'y touche pas. Ne fais rien, Laura. Pas avant qu'on ait compris ce qui se passe.

Je ne crois pas que Laura l'avait entendue. Elle était trop excitée. Elle donna un coup de pied dans la neige en direction d'un buisson. Ce dernier se couvrit de neige immédiatement.

— Qu'est-ce qu'on va faire? demandai-je à Nicole. Papa va nous tuer quand il va rentrer!

— Aucune idée, dit Nicole en haussant les épaules.

— Mais... mais... tu es supposée être *surdouée!* balbutiai-je.

— C'est super! cria Laura. De la neige à Pasadena!

Elle ramassa un peu de neige et commença à en faire une boule.

— On va faire une bataille de boules de neige! cria-t-elle.

— Arrête ça, Laura, lui dis-je. Tu ne vois pas qu'on est dans le pétrin?

Laura lança sa boule à Nicole.

Une épaisse couche de neige blanche recouvrit instantanément le corps de Nicole. En entier. Elle avait l'air d'un bonhomme de neige.

— Nicole! m'écriai-je. Ça va?

Je lui saisis le bras. Il était aussi raide qu'un glaçon. Elle était congelée!

— Nicole? criai-je en regardant ses yeux couverts de neige. M'entends-tu? Peux-tu respirer là-dessous? Nicole? Nicole?

— Oh non! cria Laura. Qu'est-ce que j'ai fait?

Ma sœur était transformée en statue. En statue gelée et couverte de neige.

— Nicole, je suis désolée, dit Laura. Peux-tu m'entendre? Pardonne-moi!

— Ramenons-la à l'intérieur, dis-je, paniqué. Peut-être que dans une maison bien chaude, elle se réchauffera.

Nous la prîmes par les bras et traînâmes son corps raidi jusqu'à la maison.

Ses orteils nus, aussi durs que de la glace, laissèrent une longue trace sur la neige.

— Elle est complètement gelée! s'écria Laura. Comment va-t-on faire fondre la neige?

— Mettons-la près de la cuisinière, dis-je. Si on tourne le bouton au maximum, peut-être que ça va la faire fondre.

Nous la plaçâmes devant le four. Pour faire bonne mesure, j'allumai toutes les plaques de la cuisinière.

— Ça devrait être suffisant, dis-je.

Une goutte de sueur me coula sur la joue. À cause de la chaleur? Ou de l'énervement?

Laura et moi attendîmes en observant Nicole.

Nous attendîmes un long moment.

Je n'osais pas bouger. Ni respirer.

La neige ne fondait pas.

— Ça ne marche pas, grogna Laura. Il ne se passe rien.

Je frappai légèrement le bras de ma sœur. Il était dur comme la glace.

Je m'efforçai de rester calme. Mais j'avais l'impression qu'une centaine de papillons dansaient la claquette dans mon estomac.

— Bon, tu as raison, ça ne marche pas. On va essayer autre chose. Mais quoi?

Des larmes coulaient sur les joues de Laura.

— Oui, quoi? demanda-t-elle d'une voix tremblante.

— Heu... fis-je en me creusant la tête pour trouver l'endroit le plus chaud de la maison. La chaudière! On va la mettre devant la chaudière!

Nous traînâmes Nicole jusqu'à la salle de chauffage, derrière le garage. Nous dûmes faire appel à toutes nos forces pour la traîner jusque-là. Elle nous semblait peser une tonne.

Je réglai le chauffage au maximum. Laura plaça Nicole devant la porte ouverte de la chaudière. Le souffle d'air chaud qui s'en dégageait nous fit reculer en titubant.

— Si ça ne fait pas fondre la neige, rien ne le fera! dit Laura en sanglotant.

La chaleur s'échappait en grondant de la chaudière. Je voyais les flammes rouges se refléter sur le visage glacé de Nicole. Le cœur battant, je l'observais espérant voir la glace fondre et couler sur le sol.

Mais la glace ne fondait pas. Ma sœur était toujours un bâtonnet glacé humain.

— Jordan, qu'est-ce qu'on va faire? gémit Laura.

Je secouai la tête, m'efforçant de réfléchir.

— La chaleur de la chaudière n'est pas suffisante Qu'est-ce qui pourrait bien être plus chaud?

J'étais si effrayé que je n'arrivais pas à penser clairement.

— Ne t'inquiète pas, Nicole, dit Laura à ma sœur. On va te sortir de là, d'une façon ou d'une autre.

Je me souvins tout à coup à quel point l'abominable homme des neiges était chaud quand il nous transportait dans la toundra. Il faisait -10 degrés Celcius, nous étions entourés de neige, et une incroyable chaleur se dégageait de son corps.

— Viens, Laura, ordonnai-je. On va l'emmener dans la chambre noire.

En nous démenant, nous parvînmes à traîner Nicole hors de la maison et à lui faire traverser la pelouse jusqu'à la chambre noire.

— Reste ici, dis-je à Laura. Je reviens tout de suite.

Je me précipitai dans la cuisine. J'ouvris les placards et les tiroirs, cherchant désespérément une seule chose : un sac de mélange montagnard.

S'il vous plaît, faites qu'il y en ait quelque part dans la maison, priai-je silencieusement.

— Ça y est! m'exclamai-je.

Je dénichai un sac de mélange montagnard derrière une vieille boîte de spaghettis. Je le pris et revins en courant à la chambre noire.

Laura fixa le sac des yeux :

— Qu'est-ce que c'est que ça?

— Du mélange montagnard.

— Du mélange montagnard? Mais Jordan, ce n'est pas le moment de manger!

— Ce n'est pas pour moi, c'est pour *lui*! dis-je en désignant la malle.

— Quoi?

Je détachai les loquets et ouvrit le couvercle. L'abominable homme des neiges était couché à l'intérieur, toujours gelé dans son armure de glace.

Je pris une poignée de fruits séchés et de noix, et l'agitai devant le visage du monstre.

— S'il te plaît, réveille-toi! suppliai-je. Réveille-toi. Regarde ce que je t'ai apporté!

— Jordan, es-tu devenu fou? s'écria Laura. Qu'est-ce que tu fais là?

— Je ne vois pas d'autre façon de sauver Nicole! m'exclamai-je.

En tremblant comme une feuille, je continuai d'agiter frénétiquement la main au-dessus de l'homme des neiges.

— Allez! Je sais que tu aimes le mélange montagnard. Réveille-toi! Allez! Sors et viens nous aider.

Je me penchai et plongeai mon regard dans les yeux du monstre. J'espérais apercevoir un clignement, un signe de vie quelconque.

Mais ses yeux ne bougeaient pas. Il restait là, sans vie, à regarder fixement à travers la couche de glace. Je ne voulais pas abandonner

— Miam, miam! criai-je d'une voix perçante. Du mélange montagnard! Que c'est bon!

Je mis quelques raisins secs dans ma bouche et commençai à mâcher.

— Miammmm! Délicieux, ce mélange montagnard. Des fruits et des noix, comme c'est bon! Allez, réveille-toi pour y goûter!

— Il ne bouge pas, dit Laura en sanglotant. Arrête, Jordan. Ça ne marche pas.

Je sursautai en entendant un petit bruit. Un craquement à peine audible. Je regardai le bloc de glace. Est-ce que le monstre avait bougé?

Non. Le silence était revenu. Les yeux noirs de l'homme des neiges me dévisageaient, vides et sans vie. Est-ce que j'avais imaginé ce craquement?

Laura a raison, me dis-je tristement. *Mon plan ne marche pas. Rien ne marche.*

Je touchai doucement le bras raide et gelé de ma sœur.

Peut-être que papa aura une idée à son retour à la maison, me dis-je avec espoir.

— Qu'est-ce qu'on va faire? sanglota Laura.

Elle ne m'était vraiment d'aucune aide.

Crac!

Un craquement plus fort, cette fois.

Puis :

CRAAAAAAC!

Une longue fissure se dessina sur la glace. L'abominable homme des neiges poussa un grognement.

Laura fit un bond en arrière en hurlant.

— Il est vivant!

La glace se fendit. La bête poilue s'assit lentement en gémissant.

Laura cria de terreur. Elle se colla contre le mur.

— Qu'est-ce qu'il va faire?

— *Chut!*

Le monstre se secoua, faisant voler des éclats de glace de ses épaules. Il sortit de la malle en poussant un rugissement.

— Attention, Jordan! cria Laura.

Le monstre plongea sur moi. J'eus le sentiment que mon cœur s'arrêtait de battre. J'aurais voulu reculer ou m'enfuir. Mais je ne pouvais pas. Je devais rester là pour aider Nicole.

— *Oumf!* fit le monstre en balayant l'air de sa patte géante.

Laura poussa un cri perçant.

Je reculai d'un bond. Qu'est-ce que l'homme des neiges allait faire?

— *Oumf!* fit le monstre en avançant de nouveau la main.

— Sortons d'ici! hurla Laura. Il va te faire mal!

Je voulais m'enfuir, mais Nicole...

Le monstre avança sa grosse patte vers moi... et m'arracha le sac de mélange montagnard des mains.

C'était ça qu'il voulait depuis le début. Il vida le sac dans sa bouche et en avala bruyamment le contenu. Puis il lança le sac par terre.

Laura se recroquevilla dans le coin de la chambre noire.

— Fais-le rentrer dans la malle! cria-t-elle.

— Es-tu folle? Comment je ferais ça?

L'homme des neiges grogna et se mit à avancer en chancelant dans la pièce. Ses pas lourds faisaient trembler le sol. Il s'immobilisa devant Nicole.

Il avança ses bras puissants et entoura le corps gelé de ma sœur. Il se mit à la serrer.

— Arrête-le! hurla Laura. Il est en train de l'écraser!

Je restai figé d'horreur.

Le monstre serrait Nicole de toutes ses forces, tellement qu'il la souleva de terre.

— Arrête! parvins-je à crier. Tu lui fais mal!

Sans songer au danger, je bondis en avant. Je saisis ses bras poilus et tentai de le faire lâcher prise.

Il me repoussa avec un grognement furieux. Je reculai en trébuchant... et tombai sur Laura. Je me retournai et vis que le monstre serrait toujours ma sœur.

Laura désigna quelque chose sur le sol :

— Regarde, Jordan!

Une petite flaque d'eau se formait aux pieds de Nicole. De l'eau coulait le long de ses jambes et s'égouttait sur le sol, s'évaporant aussitôt.

Est-ce que j'avais bien vu? Est-ce que les orteils de Nicole remuaient?

Mais oui!

Je fis un pas en avant. J'observai son visage.

Une tache rose était apparue sur ses joues.

Youpi!

Des tas de neige se détachaient d'elle et s'écrasaient sur le sol, avant de fondre et de disparaître.

Je me tournai vers Laura.

— Ça marche! criai-je joyeusement. Il a réussi à la dégeler!

Un sourire tremblant se dessina sur le visage inquiet de mon amie.

Quelques secondes plus tard, l'homme des neiges relâcha Nicole. La glace et la neige avaient entièrement fondu. Il poussa un grognement satisfait et recula d'un pas.

Nicole remua ses bras avec raideur. Elle se frotta le visage, comme si elle venait de se réveiller.

— Nicole! Ça va? criai-je en la saisissant par les épaules.

Sa peau était chaude.

— Qu'est-ce qui s'est passé? demanda-t-elle en secouant la tête, hébétée.

Laura courut vers elle et la serra dans ses bras.

— Tu étais gelée! Gelée comme un bonhomme de neige! Mais heureusement, tu vas bien, maintenant.

Je me tournai et vis que l'homme des neiges nous observait.

— Merci! lui lançai-je.

Je ne sais pas s'il m'avait compris. Il grogna.

— Sortons d'ici, dit Laura. J'ai froid!

— Peut-être que le soleil va te réchauffer, lui dis-je.

J'ouvris la porte de la chambre noire et nous sortîmes. Le soleil brillait toujours. Il régnait une chaleur étouffante. Mais tout le jardin était recouvert de neige.

— Oh, c'est vrai, murmura Laura. J'avais oublié ça!

— Hé! criai-je en voyant l'abominable homme des neiges surgir de la chambre noire. Il va s'échapper!

— Papa va nous *tuer!* s'écria Nicole.

Nous criâmes au monstre de revenir. Ne tenant aucun compte de nos cris, il se mit à marcher lourdement dans la neige. Il plissa ses yeux noirs en apercevant l'arbre enneigé. Il s'en approcha, l'entoura de ses bras et le serra fermement, comme il l'avait fait avec Nicole.

La neige se mit à fondre. L'épaisse couche de neige glissa, glissa, diminuant jusqu'à ce que l'arbre se dresse, vert et doré, sous le soleil.

— Incroyable! dis-je en portant les mains à mon visage.

Mais le gros monstre velu nous réservait d'autres surprises.

Avec un grognement, il se laissa tomber sur le sol enneigé. Sous nos yeux étonnés, il commença à rouler sur lui-même dans la neige.

Cette dernière semblait coller à sa fourrure. À mesure qu'il roulait, la neige disparaissait sous lui.

En peu de temps, toute la neige avait disparu et l'homme des neiges se roulait sur la pelouse verte.

Il se remit debout. Ses yeux s'agrandirent, et il poussa un cri de douleur.

— Qu'est-ce qu'il a? demanda Laura.

L'homme des neiges regarda autour de lui d'un air abasourdi, observant la pelouse et les palmiers. Puis il leva les yeux vers le soleil éclatant.

Il se prit la tête entre les mains et lança un cri horrifié. Pendant un moment, il parut désorienté.

Effrayé. Puis, avec un grognement, il s'engagea dans la rue. Ses énormes pieds martelaient l'asphalte.

Je me lançai à sa poursuite :

— Attends! Reviens!

Il traversa en courant le jardin d'un voisin.

J'abandonnai. Je ne serais jamais capable de le rattraper. Nicole et Laura arrivèrent à mes côtés.

— Où va-t-il? demanda Nicole.

— Comment veux-tu que je le sache? répondis-je d'un ton sec, tout en essayant de reprendre mon souffle.

— Je pense qu'il cherche un endroit froid, dit Laura.

— Tu as sûrement raison, répliqua Nicole. Il doit avoir chaud. Pasadena n'est pas un endroit pour un homme des neiges.

— Il va probablement trouver une caverne dans les montagnes, dis-je. Il fait beaucoup plus froid là-haut. J'espère seulement qu'il arrivera à trouver du mélange montagnard.

Nous revînmes dans notre jardin. Il était redevenu vert. Et chaud. Je savais que Nicole et moi n'avions qu'une pensée en tête : PAPA.

Il nous avait avertis de ne pas toucher à la malle. Et nous lui avions désobéi.

Maintenant, l'homme des neiges s'était enfui. La grande découverte de papa. Sa chance de devenir célèbre.

Il était parti. Parti pour toujours.

À cause de nous.

— Au moins, papa a toujours ses photos, dis-je doucement. Rien que ces photos ont de quoi impressionner le monde entier.

— Je suppose, répliqua Nicole en se mordant la lèvre inférieure.

Nous entrâmes dans la chambre noire pour refermer la malle. Je jetai un coup d'œil à l'intérieur. Il restait deux boules de neige magique.

— Ces trucs sont dangereux, dit Nicole. On devrait s'en débarrasser.

— *Moi*, je n'y touche pas! lança Laura en reculant.

— Tu as raison, dis-je à ma sœur. On devrait les cacher quelque part. Ce serait trop dangereux de les garder ici.

Nicole courut à la maison et revint avec un sac à ordures résistant.

— Vite! Mets-les là-dedans.

Je ramassai soigneusement les boules de neige et les déposai dans le sac. Puis je tortillai le haut du sac et fis un nœud.

— Qu'est-ce qu'on va en faire? demanda Laura.

— On devrait les envoyer dans l'espace, dit Nicole. Si quelqu'un les trouve et commence à étaler de la neige partout, on sera vraiment dans le pétrin. On a besoin du monstre pour faire fondre la neige, et il est parti.

— Pasadena pourrait se transformer en station de sports d'hiver! blaguai-je. On pourrait faire du patin dans la piscine de Kevin et Kara.

Je frissonnai. Je ne voulais pas penser à Kevin et Kara. Et je ne voulais pas penser à la neige.

— On devrait enterrer ces boules de neige, dis-je. Mais où?

— Pas dans *mon* jardin, en tout cas! s'écria Laura.

Je ne voulais pas les enterrer dans notre jardin non plus. Qu'est-ce qui leur arriverait, sous la pelouse? Est-ce que la neige s'y répandrait? Est-ce qu'elle surgirait entre les brins d'herbe?

Nous sortîmes de la chambre noire pour chercher un endroit où enterrer les boules de neige.

— Dans le terrain vague, peut-être? suggéra Nicole.

Ce terrain se trouvait de l'autre côté de la rue, près de la maison de Kevin et Kara Miller. Il n'y avait là que des monticules de sable et quelques bouteilles vides.

— C'est parfait, déclarai-je. Personne ne les trouvera là.

Nicole entra dans le garage et en ressortit avec une pelle. Nous traversâmes la rue en jetant des coups d'œil à gauche et à droite pour nous assurer que personne ne nous avait vus.

— La voie est libre, dis-je.

J'attrapai la pelle et creusai un trou profond dans le sable. C'était plus long que prévu : le sable ne cessait de retomber dans le trou.

Quand le trou fut assez profond, Nicole y laissa tomber le sac à ordures.

— Adieu, boules de neige! dit-elle. Adieu, Alaska!

Je remplis le trou. Laura lissa le sable pour dissimuler nos traces.

— Ouf! grognai-je en essuyant la sueur sur mon front. Je suis content que ce soit fini. Rentrons à l'intérieur pour nous rafraîchir.

Je rangeai la pelle, puis nous rentrâmes nous verser un verre de jus de pomme bien froid et regarder la télé.

Quelques instants plus tard, la voiture de papa s'engagea dans l'allée.

— Oh, oh! fit Laura. Je crois que je vais rentrer. À plus tard! Et bonne chance! ajouta-t-elle en se hâtant vers la porte arrière.

La porte claqua derrière elle.

Je lançai un regard nerveux à Nicole.

— Penses-tu que papa va être vraiment fâché? Il a trouvé une créature rare et extraordinaire, il l'a ramenée à la maison, et on l'a laissée s'échapper. Ce n'est pas si grave que ça, *non?*

— Peut-être que si on lui raconte *toute* l'histoire, il sera tellement content qu'on soit sains et saufs qu'il ne sera pas fâché, dit Nicole en frissonnant.

— Hum. Peut-être.

La porte s'ouvrit.

— Bonjour, les enfants! Je suis revenu! Comment va notre homme des neiges?

Ce soir-là, nous soupâmes tôt. L'atmosphère était plutôt tranquille à la table.

— Je suis heureux que vous soyez sains et saufs, répéta papa pour la cinquième fois. C'est le principal.

— Oui, dit Nicole en mâchonnant sa pizza.

— Ouais, ajoutai-je doucement.

D'habitude, je mange trois pointes de pizza. Ce soir-là, j'avais eu du mal à en terminer une. Et j'avais laissé la croûte sur mon assiette.

Pauvre papa. Il essayait de cacher la déception que lui causait la disparition de l'homme des neiges. Mais nous savions à quel point il était désappointé.

Papa laissa tomber sa pointe de pizza à moitié mangée sur son assiette.

— Je dirai aux gens du Musée d'histoire naturelle qu'ils devront se contenter des photos.

— C'est mieux que rien, dis-je.

— Mieux que rien? s'écria Nicole. Ces photos vont épater le monde entier!

— C'est vrai, dit papa, rasséréné. J'en ai parlé à des producteurs télé. Ils étaient emballés.

Il alla déposer son assiette dans l'évier.

— Je crois que je vais aller dans la chambre noire développer le film. Ça va me remonter le moral. Ce sont des photos historiques!

J'étais content de voir papa surmonter sa déception. Nous le suivîmes, désireux de voir les photos.

Nous attendîmes patiemment sous la lumière rouge pendant que papa développait les négatifs. Finalement, il sortit les premières épreuves du bain chimique.

Nicole et moi nous penchâmes pour mieux voir les photographies.

— Quoi? s'exclama papa, stupéfait.

De la neige. Rien que de la neige. Dix photos montrant uniquement de la neige.

— C'est bizarre, dit papa d'une voix étranglée. Je ne me souviens pas avoir pris ces photos.

Nicole me lança un regard mauvais. Je savais ce qu'elle pensait.

Je levai les mains dans les airs pour attester mon innocence.

— Je ne t'ai pas joué de tour, je te le jure.

— J'espère que non, Jordan, me dit papa d'un ton sévère. Je ne suis pas d'humeur à endurer tes blagues.

Il revint à ses bacs et développa une autre série dc clichés. Il les sortit, dégoulinants, et les examina en plissant les yeux.

De la neige. Rien que de la neige.

— Mais c'est impossible! cria papa. L'homme des neiges devrait être *exactement* ici! ajouta-t-il en désignant un endroit sur la photo.

Les mains tremblantes, il prit le reste des négatifs et les observa sous la lumière rouge.

— Les photos de la toundra ont l'air réussies, déclara-t-il. Les chiens, le traîneau, les orignaux, tout est là. Mais les photos que j'ai prises dans la caverne de l'homme des neiges...

Il s'interrompit en secouant tristement la tête.

— Je ne comprends vraiment pas, reprit-il. Comment est-ce arrivé? Pas une seule photo de cette bête. Pas une seule.

Je soupirai. J'étais triste pour lui. J'étais triste pour nous trois.

Pas d'abominable homme des neiges. Pas de photos non plus.

C'était presque comme s'il n'avait jamais existé. Comme si rien de tout ça ne nous était arrivé.

Nicole et moi laissâmes papa terminer son travail dans la chambre noire.

Nous contournâmes la maison. Nicole me prit le bras en grognant :

— Oh non! Regarde!

De l'autre côté de la rue, j'aperçus les jumeaux Miller dans le terrain vague. Ils étaient à genoux, en train de creuser.

— Ils sont en train de déterrer nos boules de neige! soufflai-je.

— Ces abrutis! grogna Nicole. Ils ont dû nous espionner quand on les a enterrées.

— Il faut les arrêter!

Nous nous précipitâmes vers eux.

Je vis Kevin déchirer le sac à ordures et en sortir une boule de neige.

Il prit son élan en visant Kara.

— Non! Kevin! criai-je. Ne fais pas ça! Ne la lance pas!

PAF!